서문문고
16

헤밍웨이 단편집
어네스트 헤밍웨이 지음
양 병 탁 옮김

◎ 헤밍웨이 단편집

차 례

해설 ··〈梁炳鐸〉 *5*
프란시스 매코머의 짧고 행복한 생애 ························ *13*
킬리만자로의 눈 ··· *89*
不敗者 ··· *143*
세계의 서울 ··· *207*
세상의 빛 ··· *237*

해 설

양병탁(梁炳鐸)

 어네스트 헤밍웨이는 윌리엄 포크너와 더불어 20세기 전반의 가장 중요한 미국의 작가다.
 헤밍웨이가 본질적으로 단편 작가인가 혹은 장편 작가인가, 그리고 그의 명성이 단편에서 큰 것인가 혹은 장편에서 큰 것인가 하는 것을 고찰해 보는 것도 흥미 있는 일이나 하여튼 그가 작가로서의 확고한 지위를 차지하게 된 것은 단편소설의 영역에서일 것이다. 헤밍웨이의 단편은 기교면에서 특히 우수할 뿐만 아니라 그의 문학적 특질을 단적으로 발휘하고 있다. 간결하고 고담(古淡)하고 소박·청신한 맛과 아울러 단순과 억제의 구성은 장편보다 단편에서 더욱 빛난다. 그의 하드 보일드한 문체도 돋보인다. 그리고 헤밍웨이의 작품세계는 단편에서 이미 그 맹아(萌芽)와 골자를 볼 수 있어 그 가치는 참으로 크다하겠다.
 헤밍웨이의 최초의 단편집 《우리들의 시대》 속에는 〈인디언 캠프〉〈의사와 그 아내〉〈사병의 집〉〈엘리어트 부처〉〈송어 낚시질〉 등 유명한 작품들이 들어 있다. 1927년에 나온 제2단편집 ≪여자 없는 세계≫에는 〈불패자〉〈이국에서〉〈살인자〉〈5만 달러〉같은 작품이 들어 있다. 1933년에 나온 단편집 〈승리자에겐 아무것도 주지 마라〉에는 〈깨끗하고 밝은 곳〉〈도박사와 간호사와 라디오〉 등의 작품이 들어 있다. 그 후에 나온 ≪어네스트 헤밍웨이 단편집≫에는 출간되지 않았던 네 작품이 추가로 실려 있다. 그 중 세 작품은 그의 작품 중에서 가장 훌륭한 작품에 속하며, 여기에 수록한 〈킬리만자로의 눈〉〈프란시스 매코머의 짧고 행복한 생애〉〈세계의 서울〉 등을 포함하고 있다.

헤밍웨이의 작품세계는 폭력과 허무의 세계다. ≪해는 또다시 떠오른다≫에서 주색(酒色)의 세계, ≪무기여 잘 있거라≫와 ≪누구를 위하여 종은 울리는가≫에서 혼돈과 참혹한 죽음이 전개하는 전쟁의 세계, ≪우리들의 시대≫에 나오는 삽화(挿話) 또는 단편이 보여 주는 폭력의 세계, 〈5만 달러〉〈불패자〉〈킬리만자로의 눈〉〈노인과 바다〉 등의 작품이 보여 주는 스포츠의 세계, 〈살인자〉〈도박사와 간호사와 라디오〉〈부자와 빈자〉에서 범죄의 세계 등이 헤밍웨이가 그리는 작품세계다. 거기 등장하는 인물은 폭력적이며, 그들이 상징하는 세계는 폭력의 세계다. 인물들은 대체로 무지하고 단순하며 폭력의 세계에 첫발을 내딛는 소년들이 대부분이다. 이러한 인물들은 행동하는 남성적인 인간에 대한 표현으로 비열한 인간은 아니다. 오히려 그러한 인간만이 진정한 인간이라고 보고, 인간의 의식보다 행동에서 인간 본연의 자태를 포착하는 데서 헤밍웨이의 독특한 행동적 도덕관을 엿볼 수 있다.

그 다음으로 헤밍웨이가 즐겨 등장시키는 인물은 절망의 세계에서 헤매는 불면증에 시달리는 인간들이다. 허무감에 사로잡힌 이 인간은 과거의 회고만으로는 위안을 얻을 수 없어 오로지 죽음의 강박관념에 사로잡혀 잠을 이루지 못하고 있다. 〈이제 몸을 눕히고〉〈이국에서〉〈결코 되지 않을 경우〉 그리고 여기에 수록한 〈깨끗하고 밝은 곳》〉〈사병의 집〉에 나오는 인물들은 세계의 무의미함과 자신에게 안식을 줄 장소가 없음을 의식하고 있는 인간들이다. 뿐만 아니라 신앙의 의의와 확실성을 연모하면서도 그 근거를 찾지 못하고 허무의 세계로 도피하는 인간들이다.

헤밍웨이는 '잃어버린 세대'의 대표적인 작가로서 널리 알려져 있다. 그렇다고 부패와 부도덕, 혼란과 무궤도에 사로잡혀 소극적인 태도를 취하는 것이 아니라, 기성의 질서와 권위를 부인하고 완전한 무의 입장에서 현실과 대결하고 있다. 절망과 폭력의 세계에서 패배와 죽음을 각오하면서도 끝까지 행동하는 인간 자태에서 인간의 숭고성을 발견하며, 삶의 진정한 본연을 허무의 존재로 파악하며, 이를 한층 강렬히 의식하는 것이다.

그러므로 헤밍웨이의 세계는 좁고 어두운 일면의 세계이지만 그 뒤에도 질서있는 가치의 존재를 찾아볼 수 있다. 즉 낚시질이나 사냥 등의 소박한 행동이 주는 감동 속에, 전쟁·권투·투우에서 나타나는 용기와 기술 속에 존재하고 있다. 이런 세계는 〈불패자〉〈세계의 서울〉〈프란시스 매코머의 짧고 행복한 생애〉 같은 작품에서 점차로 뚜렷해지며, 마침내 〈킬리만자로의 눈〉에서 과장되어 감상화되고 있다.

〈킬리만자로의 눈〉에서는 한 소설가가 부자인 여자를 애인으로 삼고 그 여자의 돈으로 생활해 나감으로써, 육체의 멸망에 앞서 정신적인 멸망의 길을 걸어가는 고뇌에 찬 모습을 그려내고 있다. 말마다 사건마다 그가 토해 내는 자조적인 독백은 그 자신이 선택한 인생과의 투쟁을 나타내는 것에 지나지 않는다. 즉 〈킬리만자로의 눈〉은 바로 소설가의 꿈을 상징하는 것이다.

〈프란시스 매코머의 짧고 행복한 생애〉는 위기의 순간에 처한 남자가 현대 결혼생활의 성관계, 육체적 공포, 죽음 등의 문제에 직면하여 취하게 되는 행동을 다루고 있다. 정상적인 부부생활을 기도하며, 동시에 맹수 사냥에 따르는 육체적 위험에 정면으로 부딪히려는 미국인 사냥꾼 프란시스 매코머의 행동과 그 행동에 따르는 결과를 다룬 것이다. 매코머의 발견은 자신의 비정상적인 부부생활이었다. 그것은 자기 자신의 소심한 태도의 결과였다. 그래서 그는 자신의 비굴함을 버리고 용기를 보임으로써 아내와 정상적인 생활을 회복하고자 물소와 과감하게 대결한다. 그리하여 그는 비록 짧은 시간이나마 비로소 행복한 생애를 경험하게 된다.

〈불패자〉에도 육체적인 위험과 죽음에 직면하여 어떻게 행동하는가, 또 어떻게 행동하는 것이 옳은가를 보여 주고 있다. 늙은 투우사 매뉴엘은 너무 늙은데다 투우를 한 지도 오래되었으나 용감하게 투우장에 나선다. 그러나 그는 훌륭한 투우사의 솜씨를 발휘하지 못하여 관중의 불만을 사게 된다. 이것이 그에게 치명적인 상처를 주지만 매뉴엘은 결코 패자가 아니다. 비록 늙어서 기술은 퇴보했지만 그는 불패자, 아니 성공의 요소라고 볼 수 있는 용기와 남자다운 행동을 잃지 않고 끝까지 이를 관철해 나갔던 것이다.

이러한 세계는 곧 〈세계의 서울〉에서도 파코의 행동을 통해 여실히 반영되고 있다. 투우의 나라 마드리드에서 벌어지는 혼돈된 생활 속에서 행동의 미(美)인 투우사 노릇을 하다가 마침내 쓰러지고 마는 파코는 깨끗한 죽음에 직면한다. 그러나 〈살인자〉의 니크는 올 앤드레슨과 그의 살인자들의 세계의 관계에서 죽음의 불합리성을 깨닫는다. 즉 그것은 폭력단의 규칙을 위반하고 죽을 운명에 놓인 올 앤드레슨, 그런 세계가 있다는 것을 인정하지 않으려는 흑인, 그런 세계에 조금도 당황하지 않고 그것에 순응하려는 조지 등의 인물을 통해서, 니크는 그런 폭력의 세계가 존재함을 인식하고 이로부터 도피하고자 한다.

이런 세계는 곧 nada(무)의 세계로 연결되며, 이것은 〈깨끗하고 밝은 곳〉에서 여실히 표현되고 있다. '모두가 다 무다. 인간 역시 아무것도 아니다.' 기껏 사람으로서 할 수 있는 일이란 '깨끗하고 밝은 곳'에 안락을 구하는 길밖에 없다. '응, 다 허무, 허무, 허무인 것이다. 허무에 계신 우리들의 허무이시여, 그대 이름은 허무이시니라……'고 주의 기도를 잔인하게 풍자적으로 개작하여 현대생활의 공허와 무익을 나타내고 있다. 동시에 이것은 낡은 여러 가치의 파괴 속에서 위험을 구하는 현대인의 모색을 그려내고 있는 것이다. 〈사병의 집〉의 크래브스는, 포탄이 마구 쏟아지는 현실에서 신의 가호를 빌며 그 전능함을 외치지만, 귀환하자 신 앞에 굴복하기를 거부하고 자아를 주장한다. 이리하여 허무한 현실 앞에서 그는 인간의 참된 권위를 위하여 현실과 타협하지 않는다. 그는 자기가 선택한 규범에 따라 현실세계와 투쟁하며, 자기의 이상을 추구하고자 현실의 세계에서 이탈해 나간다.

헤밍웨이는 이러한 세계를 상황과 인물의 배열에서뿐만 아니라 간결한 문체에서도 여실히 표현하고 있다. 헤밍웨이만이 지니고 있는 스타일은 그런 세계와 직결

된다. 나머지의 묘사나 설명을 배제함으로써 어떤 특수한 상황을 그냥 그대로 보편적인 의미로까지 높이고 있는 것이다. 이것은 그의 모든 단편을 통하여 볼 수 있는 커다란 특징이며 특히 〈살인자〉에서 뚜렷이 볼 수 있다. 이러한 스타일을 처음 대하는 독자는 다소 생소하겠지만, 주의 깊게 읽어 본다면 틀림없이 독특한 감동을 받게 되리라 믿는다.

헤밍웨이의 수많은 단편은 다 주옥 같은 것들이지만, 여기에 수록한 여러 단편들은 대략 많은 비평가들이 대표적인 것으로 인정하고 있는 단편들이다. 즉 헤밍웨이의 특질을 단적으로 그려낸 단편소설이라 하겠으며, 여러 단편집에 수록되어 있는 전형적인 작품들이다.

이미 몇몇 학형들이 번역한 바 있으며, 그 중에도 〈여자 없는 세계〉를 공역하신 정병조(鄭炳祖) 형과 황찬호(黃燦鎬) 형의 노고에서 도움이 되는 바 많았음을 덧붙여 둔다.

프란시스 매코머의 짧고 행복한 생애

프란시스 매코머의 짧고 행복한 생애

점심때였다. 아무 일도 없었던 듯한 예사로운 표정으로 모두들 두 겹이 된 초록색 식당용 텐트의 느리막 밑에 앉아 있었다.

"라임 쥬스를 드시겠소. 레몬 스카치로 하시겠소?"

매코머가 물었다.

"나는 김레트로 하겠소."

로버트 윌슨이 대답했다.

"저도 김레트가 좋아요. 뭘 좀 마셔야겠어요."

매코머의 아내가 말했다.

"그게 좋을 것 같군."

매코머도 찬성했다.

"김레트 세 개 시켜 줘."

식당 보이는 이미 그 준비를 하고 있었다. 텐트에 그늘을 지우는 나무 사이로 바람이 불어오고, 그 바람을 받아 흠뻑 젖어 있는 캔버스 얼음주머니 속에서 술병을 꺼냈다.

"저 사람들에게 얼마나 주면 되지?"

매코머가 물었다.
"1파운드만 주면 충분할 겁니다."
윌슨이 대답했다.
"그자들 버릇을 나쁘게 해서는 안 됩니다."
"추장이 분배해 줄까?"
"그럼요."

프란시스 매코머는 반 시간 전에 요리사, 보이, 가죽 벗기는 사나이 그리고 인부들의 팔과 어깨 위에 올려 얹혀져 캠프 끝에서 텐트까지 의기양양하게 운반되어 왔던 것이다. 엽총 운반인들은 이 시위행렬에 참가하지 않았다. 토인 소년들이 그를 텐트 앞에 내려놓았을 때 그는 일일이 그들과 악수를 나누고 그들의 축하를 받은 다음, 텐트 속으로 들어가 침대에 앉아 아내가 오기를 기다렸다. 아내는 잠시 후 들어와서도 그에게 말을 걸어오지 않았다. 그는 곧 밖으로 나가 바깥에 있는 휴대용 세면통에서 세수를 하고, 식당 텐트 있는 데로 건너가 서늘한 바람이 부는 그늘 밑 안락의자에 앉았다.

"드디어 사자를 잡으셨군요!"
로버트 윌슨이 그에게 말을 걸었다.
"게다가 근사한 놈을 말입니다."

매코머 부인은 힐끗 윌슨을 쳐다보았다. 여자는 굉장한 미인으로, 5년 전만 해도 그녀는 한 번도 써본 일조차 없었던 화장품 광고에 그녀의 사진이 사용되어 그대가로 5천 달러를 받은 일이 있었다. 그러한 미모와 사교적 지위를 아직도 간직하고 있는 여자였다. 그 여자는 프란시스 매코머와 결혼한 지 10년하고도 1년이 되었다.

"아주 근사한 사자였지?"

매코머가 말했다. 그러자 아내가 남편을 쳐다보았다. 여자는 마치 이 두 사나이를 처음 보는 듯 그들을 쳐다보았다. 그 중 한 사나이인 백인 사냥꾼 윌슨을 여자는 여태까지 한 번도 똑바로 쳐다본 일이 없었다. 그는 모래빛 머리칼에다 그루터기 같은 턱수염을 가진 중키의 사나이였다. 매우 붉은 얼굴에다 몹시 싸늘한 파란 눈을 가졌고, 그 눈 주위에는 잔주름이 희미하게 잡혀져 웃을 땐 홈이 파여 유쾌하게 보였다. 윌슨이 지금 여자에게 미소를 던졌던 것이다. 그러나 여자는 그의 얼굴에서 시선을 돌려 그의 억센 어깨 모양에서부터 쭉 훑어 내려갔다. 그가 걸치고 있는 헐렁한 웃옷의 왼쪽 포켓이 달린 자리에 네 개의 커다란 탄약갑이 고리에 매달려 있는 것을 보고 햇빛에 탄 갈색 손등으로 눈을 옮긴 다음, 낡은 그의 바지와 흙투성이 장화를 보고 다시 시선을 그의 불그스름한 얼굴로 돌렸다. 햇빛에 검게 그은 얼굴의 윗부분에 지금 텐트 기둥 못에 걸려 있는 그의 스테트슨 모자의 자취가 남아 동그랗게 하얀 선을 그리고 있는 것이 눈에 띄었다.

"자, 그러면 사자를 위해 축배를 듭시다."

로버트 윌슨이 말했다. 그는 또다시 여자에게 미소를 던졌다. 여자는 방긋도 하지 않고 호기심에 찬 눈초리를 남편에게 돌리고 있었다.

프란시스 매코머는 키가 매우 컸으며 골격은 장대하지는 못했지만 당당한 체격이었다. 얼굴은 햇빛에 타서 거무스름하고, 머리칼은 노잡이처럼 짧게 깎았으며 입술은 다소 얇은 편으로 미남자라고 할 수 있는 풍채였다. 그는 윌슨이 입고 있는 것과 같은 종류의 수렵복을 입고 있었지만 윌슨 것보다는 신품이었다. 나이는 서른 다섯으로 몸은 늘 주의를 하여 극히 양호한 상태였다. 테니스를 잘하고, 낚시질에서도 큰 고기를 낚은 기록이 있지만, 바로 조금 전엔 여러 사람 앞에서 그만 겁쟁이의 정체를 드러내고 말았다.

"그러면 사자를 위해서."

그는 말했다.

"당신 조력에는 아무리 감사해도 다할 수 없겠는걸."

그의 아내 마곳트는 남편에게서 눈을 돌려 윌슨을 뒤돌아 보았다.

"사자 이야기는 이제 그만 합시다."

여자는 말했다.

윌슨은 미소를 띠지도 않고 그 여자 쪽을 건너다 보았다. 이번에는 여자 쪽에서 그에게 미소를 던졌다.

"오늘은 참 이상한 날이었어요."
여자는 말했다.
"낮에는 천막 속에서도 모자를 쓰고 있어야 했을 테죠? 그렇게 말씀하시지 않으셨던가요?"
"쓰고 있는 게 좋겠죠."
윌슨이 대답했다.
"얼굴이 정말 붉으신데요. 윌슨 씨."
여자는 말하고 다시 웃음을 던졌다.
"술 때문이죠."
"저는 그렇게 생각하지 않는데요. 프란시스도 술이야 많이 마시는 편이지만 얼굴은 조금도 붉어지지 않거든요."
"나도 오늘은 붉어졌는데."
매코머는 농담을 걸려고 했다.
"아뇨."
마곳트는 부정했다.
"오늘은 제가 붉어졌지요. 그러나 윌슨 씨는 언제나 붉거든요."
"아마 인종이 다른 모양이죠."
윌슨은 말했다.
"하지만 이 잘생긴 얼굴을 가지고 험구하시려는 건 아니시겠지요?"
"이제 이야기를 꺼냈을 뿐인 걸요."
"그만 집어칩시다."

윌슨은 말했다.
"이야기가 차츰 까다로와지는군요."
마곳트는 말했다.
"어리석은 소린 그만 두어요. 마곳트."
여자의 남편은 말했다.
"별로 곤란할 것도 없죠."
윌슨은 말했다.
"굉장히 훌륭한 사자를 잡았다 뿐이죠."
마곳트는 두 사나이를 물끄러미 쳐다보았다. 두 사나이는 그녀가 울상을 하고 있다는 것을 알았다. 윌슨은 아까부터 울지나 않을까 하고 두려워하고 있었다. 매코머는 무서워하는 기색조차 없었다.
"그런 일이 일어나지 않았더라면 좋았을 것을! 정말 그런 창피스러운 일이 일어나지 않았더라면!"
하고 여자는 울먹이며 자기 텐트로 가 버렸다. 울음소리를 내지는 않았으나 입고 있는 장미빛 방서용(防暑用) 샤쓰 밑에서 두 어깨가 들먹이는 것이 보였다.
"여자란 마음이 곧 뒤집혀지는가 보지요."
윌슨은 키 큰 사나이에게 말을 건넸다.
"아무렇지도 않은 일인데 말입니다. 신경이 날카로와지면 모든 일에 예민해지기 마련이지요."
"아냐."
매코머는 말했다.

"나도 앞으로는 일생 동안 그 일 때문에 고민할 것 같군."
"쓸데없는 소리. 대수렵가의 배짱을 가져 보시오."
윌슨이 말했다.
"모든 일은 잊어버리시오. 그 일하고는 아무 관계도 없으니 말이오."
"잊어버리려고 애는 써 보지. 하지만,"
매코머는 말했다.
"나는 당신이 나를 위해서 해 준 일은 잊지 못할 거야."
"원 천만의 말씀을, 대단치도 않은 일을 가지고."
윌슨이 말했다.

위쪽이 퍼진 몇 그루의 아카시아 나무 그늘에 그들의 캠프가 있었고, 그들은 그 나무 그늘에 앉아 있었다. 아카시아 나무 뒤에는 바위가 노출된 낭떠러지가 있었고, 그 앞에는 풀밭이 펼쳐져 돌멩이투성이의 냇물 둑까지 달려 있었고, 그 건너편은 숲이었다. 보이들이 점심상을 차리는 동안 두 사나이는 마주 앉아 잘 식힌 라임 술을 마시면서 서로의 시선을 피하고 있었다. 윌슨은 보이들도 지금은 그 사건을 다 알고 있다는 것을 알아차릴 수 있었다. 매코머의 시중드는 보이가 테이블에 접시를 차리면서 호기심에 찬 눈초리로 그의 주인을 살피고 있는 것을 보자 윌슨은 스와힐리 어로 보이에게 딱딱거렸다. 보이는 무표정한 얼굴을 돌리곤 가 버렸다.

"뭐라고 말했어?"

매코머는 물었다.

"아무것도 아니오. 좀 더 똑똑히 굴지 않으면 열댓 대 갈겨 주겠다고 말했지요."

"무슨 말이지? 매질 말인가?"

"불법이지요."

윌슨은 말했다.

"당신 같으면 벌금을 물게 할 것이지만."

"당신은 역시 토인을 때리는 거요?"

"그럼요. 토인들도 불평을 늘어 놓을 생각이 있으면 일대 소동이라도 능히 일으킬 수 있겠지요. 하지만 그러지는 않지요. 그놈들은 벌금보단 매를 더 좋아하거든요."

"참 이상하군."

매코머는 말했다.

"이상할 건 조금도 없어요."

윌슨은 말했다.

"당신 같으면 어느 편을 택하겠소? 매를 맞겠소, 급료를 단념하겠소?"

그런 질문을 던져 분위기가 거북스럽게 느껴지자 그는 매코머가 대답도 하기 전에 말을 이었다.

"우리들도 어떤 의미에선 매일같이 욕을 보고 있으니 말이오."

이것도 신통치 않다. (제기랄.) 그는 생각했다.

'나는 외교가로 자처하고 있는 게 아닌가.'
"그렇지. 우리들도 욕을 당하고 있는 셈이지."
매코머는 여전히 그를 쳐다보지도 않은 채 말했다.
"나는 그 놈의 사자 사건 때문에 정말 딱하게 됐어. 이 이상 더 소문이 퍼지지야 않겠지. 말하자면 그 일에 대한 소문이 누구 귀에도 들어가지 않겠지?"
"그러시다면 제가 마사이카 클럽에서 그 따위 이야기를 할까 봐서 그렇게 말씀하는 거요?"
윌슨은 쌀쌀하게 상대편을 쳐다보았다. 그는 그 정도까지 예기치 않았다. 그리고 보면 이 친구는 지독한 겁장이인데다 굉장한 체면가라고 그는 생각했다. 오늘까지 나는 이 사나이에게 오히려 호감을 지니고 있었다. 어떻게 하면 이 미국 친구의 정체를 알 수 있담?
"천만에요."
윌슨은 말했다.
"나는 직업 사냥꾼이요. 손님의 일을 이러쿵 저러쿵 떠들지는 않습니다. 그 점만은 안심하셔도 좋습니다. 하지만 소문을 퍼뜨리지 말라고 요구한다는 것은 훌륭한 태도라곤 말할 수 없을 것 같군요."
이제 이 정도 되면 손을 끊는 게 더 간단할 거라고 그는 판단했다. 그렇게 되면 혼자서 식사하고, 식사하면서도 책을 볼 수 있을 것이다. 그들은 따로 식사를 하고, 원정 수렵을 하면서도 매우 형식적인 격식을—프랑스 사람 같으면 무어라고 할까? 품위 있는 고려라고나 할까—차릴 것이고, 그 편이 이 따위 감정적인 헛된 말들을 꾹 참아 나가는 것보다는 훨씬 속 편할 것이다. 그 친구를 모욕이나 하고 깨끗이 헤어지자. 그렇게 되면 식사를 하면서도 책을 읽을 수 있을 것이고 게다가 그자들의 위스키는 여전히 마실 수 있지 않을까. 이것은 원정 수렵이 제대로 되지 않을 때에 쓰는 술이다.

다른 백인 사냥꾼한테 달려가서,
"어떠시오?"
라고 묻는데 상대편이,
"아아 놈들의 위스키는 여전히 마시고 있네."
라고 대답하면 그것만으로 만사는 엉망이 되었다는 것을 알 수 있는 것이다.

"정말 미안하군."

매코머는 이렇게 말한 다음 중년이 된 지금까지도 아직 애띤 티가 남아 있는 얼굴로 그를 쳐다보았다. 윌슨은 매코머가 선원처럼 올려 깎은 머리칼, 뱃심 없이도 재빠른 작은 눈, 근사한 코, 엷은 입술, 보기 좋은 턱을 가지고 있음을 알았다.

"참 미안합니다. 그런 것까진 미처 깨닫지 못했어요. 세상에는 알지 못하는 일들이 수두룩하군요."

그렇다면 이 친구는 무엇을 할 수 있을까 하고 윌슨은 내심 생각했다. 그는 한시바삐 깨끗이 손을 끊을 마음의 준비가 되어 있었다. 그런데 이 거지 같은 친구는 방금 자기를 모욕하고서도 뭐라고 변명하고 있다. 그도 또 한 번 건드려 보았다.

"내가 소문을 낼까 봐 걱정하진 마시오."

그는 말했다.

"저도 입에 풀칠은 해야 하니까요. 하지만 아프리카에서는 여자라도 사자를 보면 놓치지 않으며 더욱이 백인 남자는 도망치지 않는다는 것만은 잘 알아 두셔야 할 겁니다."

"그래 나는 토끼새끼처럼 도망쳤지."

매코머는 말했다.

이렇게 대꾸하는 인간을 대체 어떻게 취급하면 좋을까 하고 윌슨은 내심 궁리했다. 윌슨은 생기 없고 파란, 기관총 사수와 같은 눈동자로 매코머를 쳐다보았다. 그러자 상대편은 그에게 미소를 던졌다. 기분을 상했을 때의 그의 눈초리를 알아차리지 못한 사람에겐 기분 좋은 방긋 웃음이었다.

"상대가 물소 같으면 아마 나도 잘 해치울 수 있을 걸."

그는 말했다.

"다음 번은 어디 물소를 한 번 쫓아 보지, 응?"

"원하신다면 내일 아침에라도."

윌슨은 대답했다.

아마 내가 잘못 생각했을지도 모르겠다. 확실히 이런

식으로도 해 나갈 수 있는 것이로구나. 그러니 미국인에 대해선 이러쿵 저러쿵 욕지거리도 못하게 될 것이 뻔하다. 또다시 나는 완전히 매코머 편이 되고 말았구나. 만약 오늘 아침 일을 잊을 수만 있다면 말이다. 그러나 물론 잊을 수는 없을 것이다. 오늘 아침의 그 사건은 그자들이 이곳에 온 그 자체만큼 꼴불견이었다.

"아주머니께서 오십니다."

그는 말했다. 여자는 원기를 회복하고 쾌활하고 매우 예쁜 모습으로, 자기 텐트에서 이쪽으로 걸어오고 있었다. 여자는 하나 흠잡을 데 없는 온전한 달걀형의 얼굴을 하고 있었다. 너무 둥글고 반반해서 백치(白痴)처럼 보일 정도였다. 그러나 여자는 백치가 아니다. 아니 천만에, 바보이기는커녕 하고 윌슨은 생각했다.

"붉은 얼굴의 미남자 윌슨 씨 안녕하세요? 여보, 프란시스, 나의 진주(眞珠)님, 기분은 나아졌어요?"

"암, 많이 나아졌소."

매코머는 대답했다.

"저도 그전 것은 다 잊어버리고 왔어요."

여자는 테이블 앞에 앉으면서 말했다.

"프란시스의 사자 잡는 솜씨가 어떻든 간에 그게 무슨 큰일이에요? 그것이 그분의 직업은 아니거든요. 그건 윌슨 씨의 직업이지요. 윌슨 씨는 뭐든지 잡는 데는 정말 명수인 걸요. 당신은 무슨 짐승이든지 다 잡을 수 있지요?"
"그럼요, 뭐든지 말이죠."
윌슨은 말했다.
"그저 뭐든지 상대를 고르지 않지요."
이런 여자들은 세계에서 제일 다루기 어려운 상대라고 생각했다. 가장 무정한 데다가 잔인하기 짝이 없고, 약탈자이며 매혹적이다. 이런 여자들은 무정해질수록 상대편 남자들은 부드러워지거나 혹은 신경이 부서져 버리고 만다. 그렇지 않으면 이런 여자들은 자기가 마음대로 다룰 수 있는 남자들을 골라 남편으로 삼는 것일까? 그녀들이 결혼할 때의 나이 정도로는 그런 점까지 알 수는 없을 텐데 하고 그는 생각했다. 그는 지금까지 미국 여성에 대한 지식을 갖추어 온 것이 고마왔다. 이번에 이 여성은 매우 매력있는 여성이었기 때문이었다.

"내일 아침 물소를 잡으러 갑니다."
그는 여자에게 말했다.
"저도 갈 테에요."
여자는 말했다.
"아니 당신은 안 됩니다."
"아니 저도 갈 테에요. 프란시스, 전 가면 안 되나요?"
"왜 캠프에 남아 있지 않으려오?"

"이유는 없지만."

여자는 말했다.

"오늘과 같은 일은 여하한 일이 있어도 놓치고 싶지 않으니 말이에요."

윌슨은 마음속으로 혼자 생각하고 있었다. 아까 이 여자가 자리를 떴을 때, 울먹이며 밖으로 나갔을 때, 여자는 매우 얌전하고 우아한 여자로 보였다. 이해심이 있고 눈치가 빠르고 남편과 자기 자신의 일로 마음이 상했고 또한 모든 사태를 잘 인식하고 있는 듯이 보였다. 그러던 것이 이십 분쯤 자리를 뜨고 나서 돌아오자 저 미국 여성다운 냉정으로 온몸을 감싸고 있는 것이 아닌가. 정말 형편없는 여자들이다. 정말 형편 없는 것들이다.

"내일은 오늘과는 다른 구경거리를 보여 주지."

라고 프란시스 매코머는 말했다.

"아주머니는 오시지 마시오."

윌슨이 말했다.

"당신은 나를 오해하고 있는가 보죠."

여자는 말했다.

"당신이 또 멋떨어지게 해치우는 것을 보고 싶다는 거예요. 오늘 아침의 당신은 아주 그만이었어요. 짐승의 대가리를 날려 버리는 것이 멋있다고 할 수 있다면 말이어요."

"점심이 왔습니다."

윌슨은 말했다.

"당신은 매우 즐거운 것같이 보이는데요?"

"그럼요. 전 우울해지려고 여기까지 일부러 나오지는 않았으니까요."

"그렇죠. 지금까진 지루하지는 않았지요."

윌슨은 말했다. 냇물에 굴러다니는 돌멩이와 나무가 우거진 저쪽 높은 둑을 바라보니 아침 일이 다시 생각났다.

"그럼요, 참 재미있었지 뭐예요."

여자는 말했다.

"내일도 그럴 거예요. 제가 내일을 얼마나 고대하고 있는지 당신은 모르실 거예요."

"지금 드린 것은 큰 사슴고깁니다."

윌슨이 말했다.

"큰 사슴이란 저 산토끼처럼 깡충 뛰는 소 같은 동물 아니예요?"

"글쎄, 그렇게도 말할 수 있겠지요."

윌슨이 대답했다.

"맛이 매우 좋은 고기야."

매코머는 말했다.

"프란시스, 당신이 쏜 건가요?"

"그럼."

"그 짐승이라면 별로 위험하진 않지요?"
"위에서 덤벼들지만 않으면 그렇죠."
윌슨이 대답했다.
"전 참 기쁘군요."
"쓸데없는 소리 작작 하지 못할까, 마곳트."
매코머는 나무랐다. 그도 큰 사슴고기 스테이크를 자르고 그 고기 조각에 꽂은 포크를 뒤집어 그 위에다 매시 포테이토와 고기 국물을 친 당근을 얹고 있었다.
"예, 그만 두기로 하겠어요."
여자는 말했다.
"당신의 말씨가 하도 고와서요."
"오늘 저녁은 사자를 위해서 샴페인 주나 마시기로 할까요?"
윌슨이 말했다.
"낮은 좀 더우니 말이오."
"그래 참 그 사자 말이지요."
마곳트가 말했다.
"전 사자가 있다는 걸 까맣게 잊어버리고 있었지요."
그러고 보면 '이 여자가 남편을 놀리고 있구나' 하고 로버트 윌슨은 마음속으로 생각했다. 그러잖으면 한바탕 구경거리를 만들려는 심산인가? 자기 남편이 지독한 겁장이인 것을 알 때 여자는 대체 어떤 태도를 취할 것인지? 이 여자는 무섭게 잔인하다. 도대체 여자들은 모두 잔인하다. 이런 여자들은 물론 남편을 쥐고 마구 흔드는 법이다. 마음대로 쥐고 흔들어 보려니까 때론 잔인해질 수밖에. 더구나 나도 이런 여자들의 전율할 만한 잔혹한 행위를 실컷 맛보아 왔거든.

"큰 사슴고기를 더 드시지요."

그는 공손히 여자에게 말했다.

그날 오후 늦게 매코머는 윌슨과 토인 운전수와 두 명의 엽총 운반인을 데리고 자동차를 몰고 나갔다. 매코머 부인은 캠프에 남아 있었다. 너무 더워서 나갈 수 없으니 내일 아침 일찍 동행하겠노라고 말했다. 멀어져 가는 차 위에서 윌슨은 여자가 큰 나무 밑에 서있는 것을 보았다. 장미꽃 빛이 어린 카키 빛깔의 옷을 입고, 검은 머리카락을 앞이마에서 뒤로 제쳐 목덜미 아래로 땋아내린 그녀의 모습은 아름답다기보다 오히려 사랑스러워 보였다. 그녀의 생기에 찬 얼굴은 마치 영국 땅에 있을 때와도 같다고 그는 생각했다. 키큰 풀이 무성한 지대를 뚫고 멀어져가는 자동차를 향해 여자는 손을 흔들었다. 차는 숲 속을 굽어 돌아 나가서 과일 나무 숲이 있는 언덕 쪽으로 들어갔다.

과일 나무 숲 속에서 그들은 한 떼의 사슴을 발견했다. 거기서 다들 차에서 내려 넓게 뻗친 뿔을 가진 늙은 사슴 뒤를 살금살금 쫓아갔다. 매코머는 이백 야드 되는 거리에서 훌륭한 솜씨로 숫사슴을 맞추었다. 그러자 사슴 떼는 와다닥 뛰어오르고 서로의 등을 뛰어 넘으며 달아났다. 다리를 쪼그리고 깡충깡충 뛰어가는 꼴이란, 때때로 꿈길에서 경험하듯, 도저히 현실의 것이라곤 믿을 수 없는 광경이었다.
"아주 훌륭한 솜씨였습니다."
윌슨은 말했다.
"과녁으로선 작았는데도."
"머리를 겨눈 것이 잘 됐는지?"
매코머는 물었다.
"아주 훌륭한 솜씨였소."
윌슨은 대답했다.
"그렇게만 쏘면 아무 걱정 없을 겁니다."
"내일 물소를 찾아 낼 수 있을까?"
"아마 잘 될 겁니다. 놈들은 아침 일찍 물 먹으러 오거든요. 운이 좋으면 넓은 들판에서 잠을 수도 있겠지요."
"나는 사자 사냥의 실패를 깨끗이 씻어 버리고 싶은데."
매코머는 말했다.
"그런 실수를 저지르고 있는 장면을 여편네가 보기나 한다면 과히 기분이 좋지 않을 테니 말이야."
아내가 있건 없건 혹은 지나간 일이 소문으로 퍼지건 말건 그런 것보다 나라면 그런 실수를 했다는 그 자체에 훨씬 더 불쾌감을 느낄텐데 하고 윌슨은 생각했다. 그러나 그는 이렇게 말했다.

"그 일은 더 이상 생각하고 싶지 않소. 누구라도 처음으로 사자를 만나면 당황하는 법이지요. 이젠 다 지나간 일이니까."

그러나 그날 저녁 식사를 마친 후 모닥불 가에서 위스키, 소다를 마시고 잠자리에 들었으나, 모기장을 친 침대에 드러누워 밤소리에 귀를 기울이고 있던 프란시스 매코머에게는 그 일이 완전히 끝난 것이 아니었다. 뿐만 아니라 이제부터 시작하려는 것도 아니었다. 그것은 일어났던 그대로 그곳에 있었다. 더구나 어떤 부분은 씻을 수 없을만큼 강조되고 있었다. 그는 비참하게도 그것을 부끄럽게 여기고 있었다. 아니 부끄러움 이상으로 그는 온몸에 싸늘하고 허전한 공포감을 느꼈다. 한때는 자신만만하였던 장소에, 두려움이 마치 차디차고도 불쾌한 폐허와도 같이 남아 있어 그를 견딜 수 없는 야릇한 기분으로 몰아넣었다. 그것은 아직도 그와 더불어 그곳에 남아 있었다.

사건의 발단은 그 전날 밤 그가 잠을 깨어 상류 어디선가 사자가 포효하는 소리를 들었을 때였다. 그것은 우렁차게 울리는 울음소리였으나 곧 기침소리와도 같은 신음소리로 바뀌더니, 바로 텐트 밖에 와 있는 듯한 느낌을 주었다. 밤중에 잠이 깬 프란시스 매코머는 그 소리를 듣자 겁이 났다. 잠든 아내의 가벼운 숨소리가 들려왔다. 무서움의 상대도 없고 자기와 함께 무서움을 나눌 사람도 없이 그는 홀로 드러누워 있었다.

어떠한 용감한 사나이라도 사자에게 세 번은 놀란다. —처음 발자국을 보았을 때, 처음 포효하는 소리를 들었을 때, 처음 마주쳤을 때라고 하는 소몰이 사람들의 속담을 모르고 있었다. 아침 해가 뜨기 전, 식당 텐트에서 등잔불을 켜놓고 아침을 먹고 있을 때 사자는 포효했다. 프란시스는 사자가 바로 캠프 가까이에 와 있는 줄로 생각했다.

"고참자 같은 울음소리군."

말린 연어와 커피에서 얼굴을 쳐들며 로버트 윌슨은 말했다.

"그놈의 기침소리를 들어 보시오."

"바로 가까이에 와 있는가?"

"상류 일 마일 가량 될 겁니다."

"볼 수 있을까?"

"보러 갑시다."

"포효소리가 이렇게 멀리까지 들리다니? 마치 캠프 속에 들어와 있는 것같군."

"굉장히 멀리까지 들리지요."

로버트 윌슨은 대답했다.

"어떻게 해서 이렇게 멀리까지 들리는지 신기하지요. 쓸 만한 것이라면 좋겠는데, 이 근처에는 매우 큰 놈이 있다고 애들이 말하더군요."

"쏜다면 어디를 쏴야 할까?"
매코머는 물었다.
"놈을 쏘아 눕히려면 말이다."
"글쎄 어깨일 겁니다."
윌슨이 말했다.
"할 수만 있다면 목이 좋지요. 뼈다귀를 쏴서 때려 눕히거든요."
"잘 겨누게 되면 오죽 좋겠는가."
매코머는 말했다.
"당신이야 잘 쏘지 않습니까."
윌슨은 대답했다.
"시간을 넉넉히 잡아 상대를 잘 겨누어 틀림없는 곳을 쏘시오. 제일탄만 바로 맞으면 그만입니다."
"거리는 얼마 정도에서 하면 될까?"
"그건 알 수 없군요. 거리는 사자에 달렸다고나 할까요. 틀림없게 하기 위해선 충분히 가까이 다가올 때까지는 쏘아서는 안 됩니다."
"백 야드 이내에서?"
매코머는 물었다. 윌슨은 얼른 그를 쳐다보았다.
"그렇지요. 백 야드 정도면 괜찮겠지요. 좀 더 가까이 끌어들이면 더 좋겠지요. 그 이상 떨어진 데선 아예 쏘지 마시오. 백 야드가 알맞은 거리지요. 그 거리에서는 어디라도 맞출 수 있을 테니 말이오. 아주머니께서 오십니다."
"안녕히 주무셨어요?"
그녀는 인사했다.
"우리들이 저 사자를 잡으러 가는 거예요."
"댁에서 식사를 마치시는 대로 곧 떠나지요."
윌슨이 대답했다.
"기분이 좀 어떠시오?"
"아주 좋아요."
여자는 말했다.
"신바람이 나는군요."
"준비가 다 되었는지 잠깐 나가 보겠소."
윌슨은 나갔다. 그가 나갈 때 사자는 다시 울부짖었다.
"시끄러운 거지 같은 놈."
윌슨은 소리질렀다.
"당장 끽소리도 못하게 하고 말테다."
"웬일이세요, 프란시스?"
아내는 그에게 물었다.
"아무것도 아니야."
매코머는 대답했다.
"아니 좀 이상해요."
여자는 말했다.
"뭐 땜에 언짢아하시나요?"
"아무것도 아니야."

그는 말했다.
"그러지 말고 말좀 해 보세요."
여자는 그를 쳐다보았다.
"기분이 언짢으셔요?"
"저 망할 놈의 울음소리 때문이야."
그는 말했다.
"놈은 밤새 으르렁대고 있었다니깐."
"왜 저를 깨우지 않았어요?"
여자는 말했다.
"전 그 소릴 듣고 싶었는걸요."
"난 저 망할 놈을 잡아야 해."
매코머는 풀이 죽어서 말했다.
"그럼요. 당신이 일부러 여기까지 온 것도 그 때문이 아니었어요."
"그렇지, 하지만 어쩐지 초조해지는군. 그 놈의 우는 소리를 들으면 신경이 날카로와진단 말이야."
"그렇다면 윌슨이 말하듯이 그 놈을 죽여 울음소리를 못 내게 해버리시지요."
"그럼, 그렇지."
프란시스 매코머는 말했다.
"말하기야 쉽지, 안 그래?"
"당신 무서워하고 있진 않으시죠?"
"물론 그런 일은 없어. 하지만 밤새 으르렁대는 소리

를 듣고 나니 신경이 날카로와졌을 뿐이야."
"당신은 그 놈의 사자를 보기좋게 잡을 거예요."
여자는 말했다.
"당신은 꼭 맞추고 말거라고 생각해요. 전 그 광경이 몹시 보고 싶어요."
"아침을 마치시요, 그리고 같이 떠나자구."
"아직 날이 밝지 않았어요."
여자는 말했다.
"어쩐지 쑥스러운 감이 드는 시간이군요."
바로 그 때 사자는 가슴 속 깊숙이 우러나오는 듯한 신음소리로 울부짖었다. 갑자기 목구멍을 울리며 점점 높아가는 진동이 공기를 뒤흔드는 것 같더니 어느덧 한숨 비슷한 가슴 속에서 우러나는 묵직한 신음소리로 사라져갔다.
"거의 바로 옆에 와 있는 것 같군요."
매코머의 아내는 말했다.
"저걸!"
매코머는 말했다.
"저 지긋지긋한 소리 정말 듣기 싫군."
"매우 인상적이군요."
"인상적이지. 몸서리칠 정도야."
그때 로버트 윌슨이 총신이 짧고 보기 흉한 무지하게 구경이 큰 505구경의 깁스 총을 가지고 빙글빙글 웃으며 돌아왔다.

"자아 갑시다."

그는 말했다.

"엽총 운반인이 당신의 스프링 필드 총과 대형총을 가지고 갑니다. 차 안에 모든 준비가 다 되어 있습니다. 총탄은 가지고 있지요?"

"암."

"전 준비가 됐어요."

매코머 부인이 말했다.

"놈의 저 소동을 멈추게 해야지."

윌슨은 말했다.

"당신은 앞에 타시오. 아주머니는 저와 함께 뒤에 탑시다."

그들은 자동차에 올라타고 잿빛의 아침 햇살을 받으며 나무숲을 지나 상류로 향했다. 매코머는 총 개머리판을 열고선 금속 케이스 속에 든 탄환을 확인하고 쇠마개를 닫아 안전장치를 했다. 그는 자기 손이 와들와들 떨고 있는 것을 느꼈다. 그 다음 호주머니 속에 손을 집어넣어 다른 탄약통이 더 들어 있나 하고 만져 보고는 또 손가락을 움직여 웃옷 앞에 있는 혁대 고리에 걸린 탄약통을 만져보았다. 그런 다음 그는 뒤돌아보았다. 문짝이 없는 상자형 자동차 뒷자리에는 윌슨이 아내와 나란히 앉아있었다. 두 남녀는 흥분하여 싱글벙글 웃고 있었다.

윌슨이 앞으로 몸을 기울이고 귀엣말을 했다.

"보시오, 새들이 내려오고 있지요. 그 놈이 먹이로 잡은 짐승을 내 버리고 가버린 모양이군."

냇물 건너편 둑 근처, 매코머 눈에는 나무숲 위를 독수리 한 마리가 원을 그리며 빙빙 돌다가는 수직으로 내려오는 것이 보였다.

"놈이 물을 마시러 이 근처에 올 것 같군요."

윌슨은 속삭였다.

"놈이 보금자리로 되돌아가기 전에 말이오. 잘 감시하여 주시오."

그들은 높은 둑을 따라 천천히 차를 몰았다. 이 근처의 개울은 돌멩이투성이의 밑바닥까지 깊이 패어져 있었고, 그들은 나무숲 사이를 이리저리 돌며 차를 달리고 있었다. 매코머는 건너편 둑을 뚫어져라 바라보고 있었으며, 그때 윌슨이 그의 팔을 꽉 잡는 것을 느꼈다. 차는 멈췄다.

"저기 있군."

하는 윌슨의 속삭임이 들려왔다.

"앞 오른쪽에. 어서 내려서 쏘시오. 굉장히 큰 놈이오."

그제서야 매코머 눈에도 사자가 보였다. 사자는 옆구리를 거의 다 드러내고 서 있었다. 커다란 대가리를 쳐들더니 그들 있는 쪽을 돌아보는 것이었다. 이쪽을 향해 불어 오는 이른 아침의 미풍이 사자의 검은 갈기털을 보기 좋게 일으켜 세우고 있었다. 잿빛의 아침 햇살을 받으며 묵직한 두 어깨와 미끈한 선을 그린 굵직한 동체를 보이면서, 높은 둑마루에 검은 영상같이 서 있는 사자의 모습은 굉장히 크게 보였다.

"거리는 얼마나 되지?"

총을 쳐들면서 매코머는 물었다.

"약 칠십오 야드쯤 됩니다. 차에서 내려서 쏘시오."

"여기서 쏘면 안 되는가?"

"차위에서 쏘아서는 안 돼요."

라고 윌슨이 그의 귀에다 속삭였다.

"빨리 내리시오, 놈이 온종일 거기 서 있진 않을 테니깐."

매코머는 앞자리에 달린 굽어진 출구에서 밖으로 나가 스텝을 밟고 땅으로 뛰어내렸다.

사자는 아직도 그 자리에 웅장하고도 냉냉한 눈초리로 버티고 서서, 그의 눈에는 다만 그림자로밖에 보이지 않는 무엇인가 큼직한 물소와 같은 이쪽의 물체를 물끄러미 바라보고 있을 뿐이었다. 사람 냄새가 바람머리 쪽까지 풍겨가지는 않았으므로 사자는 이쪽의 물체를 유심히 바라보면서 그 큼직한 머리를 좌우로 유유히 흔들고 있었다. 이쪽을 물끄러미 바라본 것은 무서움에서가 아니라 무엇인가 자기 앞에 맞서있으니까 물마시러 둑 아래로 내려가기가 망설여졌기 때문이다. 그러자 그의 눈에 사람 같은 것이 그 물체에서 떨어져 나오는 것이 보이자 그 묵직한 머리를 돌려 나무숲 아래에 숨을 양으로 큰 몸짓으로 움직였다. 그 순간 쨍! 하는 총소리가 나더니, 사자는 30~60의 220그레인 장총의 딴딴한 탄환이 옆구리를 찌르는 것을 느꼈다. 총탄은 갑자기 뜨겁게 지지는 듯한 구역질을 일으키면서 배창자를 꿰뚫고 나간 것이었다. 사자는 총탄에 맞은 커다란 배를 내흔들며 큼직하고도 무서운 네 발을 질질 이끌고 우거진 풀숲을 빠져 몸 감출 만한 키 큰 풀덤불을 향하여 달려갔다. 그 순간 다시 공기를 가르는 듯한 터지는 소리를 내며 또다른 한 방의 총탄이 몸통을 뚫었다. 또 한방이 튕겼다. 그 총탄은 아랫배 늑골을 맞혔고, 입안에 갑자기 뜨거운 피와 피거품이 솟구쳐 나오는 것을 느꼈다. 사자는 키 큰 풀 속으로 뛰어들어갔다. 사자는 거기 웅크리고 앉아 몸을 숨겨 그 터지는 듯 요란한 소리 내는 물건을 충분히 가까이까지 끌어들여선 왈칵 덤벼들어 그 물건을 쥐고 있는 인간을 잡아먹으려고 생각했던 것이다.

자동차에서 내렸을 때 매코머는 사자가 어떻게 느꼈을까 하고는 생각하지도 않았고, 자기의 두 손이 와들와들 떨리고 있음을 알았을 뿐이었다. 차에서 몇 발자국 걸어나가려고 했을 때에도 발을 거의 뗄 수가 없었다. 넓적다리가 뻣뻣해지고 있었다. 근육은 반대로 푸닥푸닥해지는 것을 느꼈다. 그는 총을 들고 사자의 머리와 두 어깨가 접한 곳을 겨누어 방아쇠를 당겼다. 그런데 손가락이 분질러질 것같이 힘껏 당겼으나 끄덕도 하지 않았다. 그제서야 안전장치를 해 둔 그대로임을 알았다. 그는 총을 내려서 안전장치를 풀고 얼어붙은 듯한 발을 간신히 한 걸음 앞으로 내디뎠다. 그때 사자는 그의 그림자가 자동차의 그림자에서 떨어지는 것을 보고는 휙 돌아서서 빠른 걸음으로 도망치기 시작했다. 매코머는 쏘았다. 총탄이 정통으로 들어맞는 것 같은 소리가 들렸는데 사자는 마구 달리고 있었다. 매코머는 또 쏘았다. 탄환이 달아나는 사자를 넘어 푸욱! 하고 먼지를 일으키는 것이 누구의 눈에도 보였다. 좀 더 낮은 데를 겨누어야 한다고 생각하면서 또 쏘았다. 명중하는 소리를 모두들 들었다. 사자는 죽어라고 전속력으로 달려, 그가 손잡이를 앞으로 내밀기도 전에 숲으로 뛰어들어 숨어 버렸다.

매코머는 뱃속에 이상야릇한 불쾌감을 느끼며 그곳에 우뚝 서 있었다. 스프링 필드 총을 아직도 겨눈 채, 쥐고 있던 두 손은 부들부들 떨고 있었다. 그의 아내와 로버트 윌슨이 곁에 서 있었다. 두 명의 엽총 운반인 토인들도 와캄바 말로 무어라고 지껄이며 옆에 서 있었다.

"맞았다."

매코머는 떠들었다.

"두 번이나 맞았어."

"맞추기는 맞췄으나 약간 앞 쪽을 맞춘 것 같습니다."

윌슨이 신통치 않다는 듯이 말했다. 엽총 운반인 토인들도 몹시 침울한 표정을 짓고 있었다. 이젠 잠자코들 있었다.

"혹시 죽었는지도 모르지."

윌슨이 말을 이었다.

"그래도 좀 더 기다려 보고 찾으러 가는 게 좋을 겁니다."

"그건 또 왜?"

"쫓아가기 전에 그놈을 실컷 괴롭혀 두자는 거지요."

"응 그래?"

매코머는 말했다.

"아주 근사한 사자였소."

윌슨이 쾌활하게 말했다.

"그런데 고약한 곳에 틀어박혔군요."

"왜 나쁘다지?"

"그놈하고 마주칠 때까지는 어디 있는지 알 수 없으니 말이오."

"참 그렇군."

매코머는 말했다.

"자아, 가 보실까요."

윌슨이 말했다.

"아주머니는 자동차에 그대로 남아 계시는 게 좋을 겁니다. 우린 핏자국을 쫓아가야 하니 말입니다."
"여기 남아 있어요, 마곳트."
매코머는 아내에게 말했다. 그의 입 안은 너무나 바싹 말라서 말하기조차 어려웠다.
"왜요?"
여자는 물었다.
"윌슨이 그렇게 말하니 말이오."
"우린 잠깐 보고 올 테니까요."
윌슨이 말했다.
"당신은 여기 남아 계시오. 여기 이대로 계시는 편이 더 잘 보일 겁니다."
"그러죠."
윌슨은 스와할리 말로 운전수에게 말했다. 그는 고개를 끄덕이며,
"네 알았습니다, 선생님."
하고 말했다.
그들은 험한 둑을 내려가 개울을 건너 자갈돌 위로 기어오르고 또 우회하면서, 건너편 둑에 뻗어나온 나무뿌리에 매달려 올라가서는 개울을 따라 걸어갔다. 드디어 매코머가 사자를 처음 쏘았을 때 사자가 총탄을 맞고 달아나던 곳에 다다랐다. 운반인들이 풀대로 가리키는 쪽을 보니 짤막한 풀에 시꺼먼 피가 묻어있고 그 핏

줄기는 개울 기슭 나무숲 속으로 사라져 있었다.
"어떻게 할 참인가?"
매코머는 물었다.
"어떻게 하다니 별수없지요."
윌슨은 말했다.
"차를 몰고 들어갈 수도 없습니다. 둑이 너무 험하니까요. 좀 더 놈을 골탕 먹이고 나서 저하고 당신이 안으로 들어가 찾아봅시다."
"풀에다 불을 지르면 되잖겠소?"
매코머도 물었다.
"풀이 아직 너무 푸른뎁쇼."
"몰이꾼을 집어 넣을 순 없을까?"
윌슨은 상대편을 감정이나 하듯 이상한 눈초리로 바라보았다.
"물론 할 수야 있지요."
라고 그는 말했다.
"허나 그건 좀 너무 살생적인데요. 아시다시피 사자는 부상을 입고 있습니다. 다치지 않은 사자라면 그냥 몰아낼 수도 있지요. 소리만 들어도 달아나니까요. — 하지만 다친 놈은 이쪽으로 덤벼들거든요. 갑자기 딱 마주칠 때까지도 도저히 찾아낼 도리가 없답니다. 토끼 한 마리도 숨지 못하리라 생각되는 곳에 놈은 바싹 엎드려 드러누워 있을 수가 있으니 말입니다. 차마 그런 곳에 그치들을 몰아 넣는다는 건 좀 무리지요. 어느 놈이든지 꼭 경치고 말 테니까요."

"엽총 운반인들은 어떨는지?"

"아, 그 자들은 우리와 같이 가지요. 그것이 그 자들의 일이니까. 그것 때문에 고용되었으니까. 그러나 그들도 과히 좋아하는 것 같지는 않군요."

"나도 안에 들어가고 싶지는 않군."

매코머도 말했다. 미처 생각도 하기 전에 그만 입 밖에 튀어나온 말이었다.

"물론 들어가실 필요야 없지요."

그는 말했다.

"그 때문에 제가 고용되었으니깐. 저의 고용료가 그렇게 비싼 것도 여기에 있으니 말입니다."

"그러면 당신 혼자서 들어가겠단 말인가? 그까짓 것 그냥 내버려 두면 되잖는가?"

로버트 윌슨은 그때까지 사자와 자기가 제출한 문제에만 온 정신이 쏠려있었기에 매코머에 대해선 다소 겁장이로구나 하는 정도로밖에 생각해 보지 않았다. 그러나 이 말을 듣자 갑자기 마치 여관에서 남의 방문을 잘못 열어 보지 못할 것을 본 것 같은 느낌에 사로잡혔다.

"뭐라구요?"

"그냥 내버려 두면 되지 않을까?"

"그럼 맞지 않은 걸로 해 두자는 겁니까?"

"아니, 그냥 내버려 두자는 거야."
"그럴 수는 없소."
"왜 안 되는가?"
"우선 놈은 지금 틀림없이 고통을 받고 있을 겁니다. 그리고 또 하나는 어떤 다른 패들이 그놈을 잡을 테니 말입니다."
"응, 알겠어."
"허나 당신은 별로 손을 안 대도 괜찮습니다."
"나도 들어가고는 싶지만."
매코머는 말했다.
"그저 좀 겁난달 뿐이지."
"안에 들어갈 때엔 제가 앞장서지요."
윌슨이 말하면서,
"콩고니를 시켜 발자국을 따라가게 하고 당신은 내 뒤 한쪽으로 비켜서 따라오시오. 놈이 으르렁대는 소리가 들리기만 하면 되는 거요. 놈이 보이기만 하면 둘이서 쏘아버립시다. 걱정할 것 없습니다. 내가 책임지고 돌보아 드리지요. 그러나 사실은 당신은 오지 않는 게 아마 좋을 것 같습니다. 그 편이 훨씬 나을 것 같군요. 제가 처리해 버리는 동안 저쪽 아주머니에게 가서 같이 계시는 게 어떻습니까?"
"아니 나도 가 보겠어."
"그럼 좋습니다."

윌슨은 말했다.

"그러나 마음이 내키지 않으면 그만두시오. 아시다시피 이번 이 일은 제가 할 일이니까요."

"같이 가겠어."

매코머는 말했다. 그들은 나무 아래에 앉아 담배를 피웠다.

"제가 잠깐 돌아가서 아주머니에게 조금만 더 참고 기다리시라고 전하고 오겠소."

"그렇게 하지."

매코머는 말했다. 그는 겨드랑이에서 땀이 흐르고 입 안은 바싹 마르고 뱃속은 텅 빈 것같이 느끼면서, 윌슨더러 혼자 가서 사자를 해치우라고 말할 수 있을 만한 용기를 가졌으면 하고 앉아 있었다. 그는 자신이 여태까지 어떻게 했는가를 알아 차리지 못했기 때문에 윌슨이 화가 나서 자신의 아내에게 가게 됐다는 것도 깨닫지 못하고 있었다. 앉아 있자 이내 윌슨은 되돌아왔다.

"당신의 대형총을 가져왔소."

라고 그는 말했다.

"이걸 드시지요. 놈에겐 충분한 시간을 준 성싶습니다. 자아 어서 갑시다."

매코머는 대형총을 손에 들었다. 윌슨은 말했다.

"제 뒤를 따라 오시오. 약 5 야드 오른쪽으로 비켜서 따라오시오. 그리고 뭐든지 제가 말하는 대로 하시오."

그런 다음 그는 울상을 하고 있는 두 명의 토인 운반인에게 스와힐리 말로 뭐라고 말했다.
"어서 갑시다."
그는 재촉했다.
"물 한 모금만 마셨으면 좋겠군."
매코머는 말했다. 윌슨은 혁대에 물병을 차고 있는 나이 먹은 토인에게 뭐라고 말했다. 그러자 그 토인은 물병을 풀어 마개를 빼고 매코머에게 주었다. 매우 무거우리라 생각하면서 매코머는 물병을 받아 보니, 펠트로 만든 카바가 생각보다 매우 털이 많고 손에 쥔 감촉도 좋았다. 그는 물을 마시려고 물병에 입을 갖다 댔으나, 시선은 끝이 평평하게 된 나무들을 배경으로 한 전면의 높은 풀 속으로 향하고 있었다. 바람이 이쪽으로 불어와서 풀숲이 가볍게 물결쳤다. 그는 엽총 운반인들을 쳐다보았다. 그들도 공포에 사로잡혀 있는 것을 알 수 있었다.

숲 속의 한 35야드 가량 되는 곳에서 아까 그 커다란 사자는 땅바닥에 납작 엎드려 있었다. 두 귀를 뒤로 제낀 채 길고 검은 토실토실한 꼬리만이 아래 위로 약간 흔들릴 뿐, 꼼짝도 하지 않고 있었다. 사자는 이 은밀한 장소에 이르자 그야말로 절대절명의 막다른 골목에 빠졌던 것이다. 총탄에 맞은 북같이 커다란 배가 몹시 아팠고, 폐를 관통한 상처 때문에 기운이 다 빠져가고 있었다. 폐에 입은 상처 때문에 숨쉴 때마다 입에서는 거품과 같은 불그스름한 피가 스며나오고 있었다. 양옆구리는 축축히 젖어 따끔하게 뜨겁고, 총탄이 황갈색 가죽에 뚫어 놓은 구멍에는 파리가 달려들고 있었다. 증오에 불타는 싯누런 커다란 눈을 가늘게 뜨고 앞을 노려보고 있었다. 숨쉴 때마다 느끼는 고통으로 간신히 깜박거릴 뿐이었다. 날카로운 발톱은 햇볕에 익은 부드러운 흙을 빡빡 긁어대고 있었다. 그에게 남겨진 모든 힘, 고통도 상처도 증오도 오로지 돌격이라는 한 점에 뭉쳐져 집중되어 있었다. 인간들이 풀 속으로 들어오자마자 덤벼들려고 그 준비에 전력을 기울여 대기할 수 있었다. 사람의 목소리가 들리자 꼬리를 빳빳이 아래 위로 푸득푸득 뒤흔들었다. 사람들이 풀숲 끝에 이르자 사자는 기침하는 것 같은 신음소리를 지르며 돌진하여 왔다.

나이 먹은 토인 운반인 콩고니는 사자가 흘린 핏자국을 따르면서 앞장을 섰고, 윌슨은 큰 총을 겨누어 들고 풀이 조금이라도 움직이지 않나 하고 살폈다. 또 다른 운반인은 귀를 기울이며 앞을 응시하고, 매코머는 총을 겨누어 들고 윌슨 곁에 붙어서서 그들 일행이 풀숲으로 마악 들어서는 찰나였다. 매코머는 피에 목구멍이 메인 포효 소리와 함께 비호같이 풀속을 돌진해 오는 사자를 보았다. 앗! 하는 순간 어느새 그는 미친 듯이 도망치고 있었다. 뭐라고 말할 수 없는 공포감으로 넓은 들판을 가로질러 개울 있는 쪽을 향하여 미치광이처럼 마구 달렸던 것이다.

그는 윌슨의 큰 총이 꽈꽝! 하고 울리는 소리를 들었다. 그러자 또다시 꽈꽝하는 제 이탄이 울렸다. 뒤돌아보니 사자의 무서운 형상이 보였다. 대갈통이 절반 날라간 것 같은 처참한 꼴로 높이 우거진 풀숲 가에 서 있는 윌슨을 향하여 슬슬 기어오고 있었다. 또다시 꽝 하는 총성과 함께 총구에서 불이 뿜었고, 기어오던 사자의 묵직한 누런 몸뚱이는 뻣뻣해지면서 찢어진 커다란 대가리가 앞으로 폭 하고 숙여졌다. 매코머는 사자가 죽은 것을 알았다. 그는 도망쳐 나온 공지에 장탄된 총을 아직도 손에 든 채 우두커니 홀로 서 있었다. 그를 뒤돌아 본 두 명의 흑인과 한 사람의 백인의 눈은 업신여기는 듯 경멸의 빛을 던지고 있었다. 그는 윌슨에게로 다가갔다. 그의 키 큰 온몸이 노골적인 비난의 대상이 되고 있는 것같이 보였다. 윌슨에게 가까이 갔을 때 윌슨은 그를 보고 말했다.

"사진이라도 찍겠습니까?"

"아니."

그는 대답했다.

매코머의 아내는 그를 쳐다보지도 않았다. 그도 아내를 쳐다보지 않았다. 그는 뒷좌석 아내 곁에 나란히 앉앉고 윌슨은 앞자리에 앉았다. 그는 아내 옆으로 다가 앉아 아내를 쳐다보지도 않고 손을 쥐려 했으나 아내는 슬그머니 손을 빼돌렸다. 개울 저편에서 엽총 운반인들이 사자의 껍질을 벗기고 있는 모습이 빤히 보였으므로 아내가 처음부터 끝까지 그 장면을 볼 수 있었음이 분명했다. 그들이 거기에 앉아있는 동안 그의 아내는 앞으로 다가앉더니 윌슨의 어깨에다 손을 갖다얹었다. 그가 뒤돌아보자 아내는 낮은 의자 너머로 몸을 굽히더니 키스를 하는 것이었다.

"오오, 이거 참."

윌슨은 놀라며 햇볕에 탄 여느 때의 얼굴빛보다 더 얼굴을 붉히며 말했다.

"로버트 윌슨 씨."

그녀는 말했다.

"붉은 얼굴의 미남자, 로버트 윌슨 씨."

그리고 나서 여자는 다시 매코머 곁에 앉아서 개울 건너 사자가 놓여있는 곳을 바라보았다. 흑인들이 껍질을 벗기는 데 따라 거꾸러 쳐든 하얀 근육 심줄이 드러난 앞다리와 하얗게 부풀어 오른 커다란 배가 보였다. 드디어 토인들이 축축하고 무거운 껍질을 가져와 그것을 둘둘 말고선 자동차 뒤에 올라탔다. 차는 떠났다. 캠프에 돌아올 때까지 누구 한 사람 입을 열지 않았다.

이상이 사자 이야기다. 매코머는 사자가 그 맹렬한

돌진을 해 오기 전에 도대체 무엇을 느꼈는지, 또 공격해 올 때 총구의 속도가 2톤이라는 505총의 믿을 수 없는 깅타를 받고 어떤 느낌을 가졌는지, 그 뿐만 아니라 그 후 두 번째의 무서운 충격을 허리 근처에 받고도 자기를 파멸로 이끄는 무섭게 불뿜는 물건을 향하여 기어왔는데 그때도 무엇이 그를 그처럼 전진케 하였는지 그런 것은 전연 알 바 없었다. 윌슨은 그런 것에 대해서 다소 알고 있었으나, 그저 '굉장히 훌륭한 사자군요'라는 말로써 나타낼 뿐이었다. 그러나 매코머는 윌슨이 이런 일에 대해서도 대체 어떻게 느끼고 있는지 알 수 없었다. 그는 다만 아내가 자기를 달갑지 않게 여기고 있다는 것 외에는 아무것도 알 수가 없었다.

그의 아내가 그에게 실망을 느낀 것은 이번 일이 처음이 아니었다. 그러나 그것은 결코 오래 지속되지는 않았다. 그는 굉장히 부자였고 앞으로는 더욱 큰 부자가 될 팔자였다. 따라서 아내는 이번에도 자기를 차버리지는 않으리란 것을 알고 있었다. 그것만이 그가 정말 알고 있는 몇 가지 일 중의 하나였다. 그가 알고 있는 것이라곤 그밖에 오토바이에 관해서—그것은 첫번째였다—자동차와 오리 사냥과 숭어나 연어 또는 바다의 큰 물고기 낚시질에 관하여, 책에 써 있는 성(性)에 관해서—많은 책, 너무나 많은 책에서 그는 성지식을 얻고 있었다—각종 구기(球技)에 관해서, 개(犬)에 관해서, 말(馬)에 관해서는 약간, 돈벌이, 그의 세계에 관련된 기타 여러 가지 일, 그리고 아내가 자기를 차버리지 않으리라는 것, 대충 이러한 것에 관하여 알고 있었다. 그의 아내는 옛날 한때는 굉장히 미인이었고 지금도 아프리카까지 오면 대단한 미인으로 여겨질 수 있었다. 그러나 본국에서는 그를 차버리고 더 잘 살 수 있을 만큼의 미인은 아니었다. 그녀도 그런 것을 잘 알고 있었고, 그도 그것을 잘 알고 있었다. 그녀는 그에게서 떠나 버릴 기회를 놓쳤던 것이다. 그도 그것을 잘 알고 있었다. 만약 그가 여자를 다루는 솜씨가 좀 더 능숙하였다면 그녀는 아마 그가 다른 아름다운 여자를 손에 넣지나 않을까 하고 몹시 앙탈을 부렸을 것이다. 그러나 그녀는 그의 사람됨을 구석구석까지 너무나 잘 알고 있었으므로 그런 것을 걱정할 필요는 전연 없었다. 게다가 그는 언제나 늘 관대했다. 그 관대함이란 만약 그처럼 흉측한 점만 없었다면 그의 성격 중 가장 아름다운 장점으로 보일 수 있는 것이었다.

대체로 그들 부부는 비교적 행복한 내외라고 알려져 있었다. 그들 어느 편이 헤어질 것이라는 소문이 가끔 떠돌기는 했으나 표면에 나타난 적은 한 번도 없었다. 사교란(社交欄) 담당 기자가 쓴 바와 같이 그들은 암흑의 아프리카에서 원정 수렵을 행함으로써 선망의 대상이 되고 있고, 계속되는 그들 로맨스에 한갓 모험의 정취 이상의 것을 덧붙이고 있었다. 원정 수렵은 마틴 존슨 부부가 여러 은막에서 '짐바'(사자), '물소', '템포'(코끼리) 등을 쫓아다니고, 더구나 박물관의 표본을 수집하는 등의 일로 세상에 널리 알려질 때까지는 소위 아프리카의 암흑 지대에서 행해지던 것이었다. 이 같은 기사는, 그들 부부가 과거에 적어도 세 번은 서로 헤어질 뻔했고, 이번에도 역시 그런 상태에 놓여있다고 보도한 바 있었다. 그러나 그들 둘은 언제나 그런 위기를 벗어났던 것이고, 그들은 서로 결합할 강한 기반을 가지고 있었다. 매코머가 이혼을 하기에는 마곳트는 너무도 아름다웠고, 마곳트가 그를 영영 차버리기에는 매코머는 너무도 부자였던 것이다.

새벽 세 시경이었다. 프란시스 매코머는 사자 생각을 그만 두고 난후 잠깐 잠들었다 깨고 다시 잠들었으나, 피투성이가 된 대가리를 한 사자가 그의 가슴을 억누르는 악몽에 깜짝 놀라 벌떡 잠을 깨고 말았다. 그리고 심장의 고동소리에 귀를 기울이다가 텐트 안 저쪽 침대에 아내가 없는 것을 알게 되었다. 그는 그것을 알자 두 시간 동안이나 눈을 뜬 채 누워있었다.

두 시간쯤 지나서야 아내는 텐트로 되돌아왔다. 모기장을 들고 기분 좋은 듯 침대에 기어 들어오는 것이었다.
"어디 갔다 오는 거야?"
매코머는 어둠 속에서 물었다.

"여보."
그녀는 말했다.
"당신 잠이 깨어있었나요?"
"어디 갔다 오는 거야?"
"잠깐 밖에 바람 쐬려구요."
"무슨 짓을 했는지 알게 뭐야?"
"그럼, 어떻게 말하라는 거예요, 여보?"
"어디 갔다 왔느냐 말야."
"바람 쐬러 나갔다니깐요."
"흥, 또 새 구실을 붙이는군, 개년 같으니."
"흥, 그렇다면 당신은 겁장이지 뭐예요?"
"좋아."
그는 말했다.
"그래서 어떻단 말인가?"
"제가 알 게 뭐예요, 그러나 제발 그런 말 이젠 하지 맙시다. 난 졸려 죽겠으니 말이예요."
"그래 무슨 짓이건 잠자코 받아들일 남잔 줄 아는가?"
"그럼요."
"천만에 어림도 없지."
"제발 부탁이에요. 말하지 맙시다. 난 몹시 졸리니깐요."
"그따위 짓은 안하기로 되어 있잖는가. 다시는 안하 겠다고 약속까지 하잖았어."
"그래요. 그러나 지금은 달라요."

여자는 달콤하게 말했다.

"너는 이번 여행에서는 그따위 짓은 없을 거라고 약속하지 않았어?"

"그래요, 약속했죠. 나도 처음에는 그럴려고 생각했지요. 하지만 어제 일로 이번 여행은 망쳐 버리지 않았어요? 우리들, 별로 이야기할 필요도 없지 않겠어요, 그렇잖아요?"

"그래 자기에게 유리할 땐 기다리지도 않고 얼른얼른 해치운단 말인가?"

"제발 부탁이에요. 그만 둡시다. 난 졸려 죽겠어요."

"아냐 난 말할 테다."

"그럼 혼자서 떠드세요. 전 잘 테니까요."

그리고 그녀는 잠들고 말았다.

해뜨기 전 아침 식사에 그들 세 사람은 모두 같이 식탁에 앉았다. 그때 프란시스 매코머는 지금까지 싫은 인간도 많지만 로버트 윌슨만큼 지긋지긋하게 싫은 사나이는 없다는 것을 알았다.

"잘 주무셨어요?"

윌슨은 파이프에 담배를 채우면서 목쉰 소리로 말했다.

"당신은?"

"아주 푸욱 잤지요."

백인 사냥꾼 윌슨은 대답했다.

후레자식 같은 놈이라고 매코머는 뱃속에서 뇌까렸

다. 이 버릇 없는 후레자식 같으니.

 그러고 보면, 여자가 이자의 침대로 되돌아갔을 때 잠을 깨운 모양이군 하고 윌슨은 무표정한, 냉정한 눈초리로 두 사람을 쳐다보면서 생각했다. 그렇다면 왜 여편네를 자기 곁에 꼬옥 붙들어 매두지 못한단 말인가, 자식이 나를 무어라고 생각하고 있을까. 이 피도 안 마른 허수아비 같은 자식이 저도 남편이라면 여편네 하나쯤 붙잡아 두지 못한단 말인가. 이게 다 네 잘못이란 말야.

"물소를 찾을 수 있을는지요?"

마곳트는 앵두접시를 밀어내면서 말했다.

"글쎄 어떨는지요."

윌슨은 말하며 그녀에게 미소를 던졌다.

"왜 캠프에 남지 않으세요?"

"별 까닭은 없지만."

그녀는 말했다.

"부인에게 캠프에 남아 계시도록 말씀하시면 어떻습니까?"

윌슨은 매코머에게 말했다.

"당신이 명령하면 되지."

매코머는 쌀쌀하게 말했다.

"명령이라니, 그런 말은 집어치워요."

하고 마곳트는 매코머를 향하여,

"또 어리석은 그런 말을, 프란시스."

하고 유쾌한 듯이 말했다.

"출발 준비는 다 됐어?"

매코머는 물었다.

"언제든지 출발할 수 있습니다."

윌슨이 대답했다.

"부인께서 같이 가길 원하십니까?"

"내가 원하고 안하고 무슨 차이가 있담?"

제기랄, 될 대로 되라지 하고 로버트 윌슨은 생각했다. 그러면 될 대로 되겠지, 그렇지 그러면 결국은 이렇게 되겠지.

"아니 별로."

그는 말했다.

"당신은 이 여자와 함께 캠프에 있고, 나 혼자 물소를 잡아오기를 바라는 건 아니겠지?"

매코머는 물었다.

"그럴 수야 있습니까."

윌슨은 말했다.

"내가 당신이라면 그런 잠꼬대 같은 말은 하지 않을 걸요."

"잠꼬대가 아냐, 나는 진절머리가 났단 말야."

"진절머리가 나다니 아름답지 못한 말씀인데요."

"란시스, 좀 더 말을 조심하실 수 없으세요?"

그의 아내는 말했다.
"나는 이래봬도 지나칠 정도로 말을 조심하고 있는 거야."
매코머는 말했다.
"그래 이런 더러운 것을 먹어 본 일이 있단 말인가?"
"무얼, 음식이 잘못됐소?"
윌슨은 조용히 물었다.
"다 마음에 안 든단 말야."
"좀 진정하시지요."
윌슨은 몹시 냉담하게 말했다.
"보이들 중에는 영어를 약간 아는 놈도 있으니 말이오."
"그까짓 보이가 다 뭐야."
윌슨은 일어나 파이프를 빨면서 천천히 걸어서 그를 기다리고 서 있던 토인 운반인 한 사람에게 스와힐리 말로 무어라고 지껄였다. 매코머와 그의 아내는 식탁에 앉아 있었다. 그는 커피잔을 물끄러미 들여다보고 있었다.
"만일 당신이 한바탕 소동을 일으킨다면 전 당신하고 헤어지고 말 테에요."
마곳트는 조용히 말했다.
"아니 넌 못할 거야."
"해 보시면 알 게 아니에요."
"나하고야 차마 헤어질 수가 없겠지."
그녀는 말했다.

"저도 헤어지지 않을 테니 당신도 좀 신사적으로 굴어 보시라는 말이예요."

"신사적으로 굴라구? 그런 말버릇이 어디 있담? 신사적으로 굴라니."

"그래요. 신사적으로 똑똑히 구시란 말이예요."

"그럼 너는 왜 숙녀처럼 굴지 못하는 거야."

"전 오랫동안 숙녀답게 행세해 왔지 뭐예요. 정말 오랫동안."

"나는 저 붉은 낯판대기를 한 저 돼지 같은 자식이 싫단 말이야."

매코머는 말했다.

"놈을 보기만 해도 구역질이 난단 말야."

"그 양반은 정말 훌륭한 분이에요."

"입닥쳐!"

매코머는 거의 외치다시피 말했다. 바로 그때 자동차가 와서 식당 텐트 앞에 멈추어 섰다. 운전수와 두 명의 토인 엽총 운반인이 차에서 내렸다. 윌슨이 다가와서 식탁에 마주앉아 있는 그들 부부를 보았다.

"사냥 나가겠어요?"

그는 물었다.

"응."

매코머는 자리에서 일어서면서 말했다.

"가지."

"털옷을 가지고 가는 게 나을 겁니다. 차 안은 추우니까요."

윌슨이 말했다.

"전 가죽잠바를 가지고 가겠어요."

마곳트가 말했다.

"그건 보이가 가지고 왔습니다."

윌슨이 그녀에게 말했다. 그는 운전수와 같이 앞에 올라타고, 프란시스와 그의 아내는 한 마디 말도 없이 뒷좌석에 앉았다.

'이 어리석은 거지 같은 자식이 설마 내 뒤통수를 날려 버릴 생각이야 않겠지' 하고 윌슨은 혼자 생각했다. 여자란 원정 수렵에는 귀찮은 물건이야.

회색의 아침 햇살을 받으며 자동차는 아래로 달려서 조각돌이 수북히 깔린 얕은 물을 지나 강을 건너갔다. 그 다음 모가 난 듯한 험한 강기슭을 기어올라갔다. 그곳은 그 전날 삽으로 길을 만들도록 일러 두었던 곳이다. 그래서 그들은 건너편의 공원과 같은 나무숲의 기복이 있는 곳까지 차를 몰고 갈 수가 있었다.

윌슨은 상쾌한 아침이라고 생각했다. 이슬이 무겁게 내려앉았고, 풀숲이랑 낮은 덤불을 바퀴가 헤치고 지나갈 때 납작하게 깔린 엽상식물의 향기로운 냄새가 났다. 그것은 바베나의 냄새 같았다. 자동차가 길 없는 공원 같은 곳을 지나감에 따라 풍기는 이른 아침 이슬

맞은 초목이나 짓밟힌 고사리의 냄새며, 이른 새벽 안개 속에 검실검실 보이는 나무 줄기의 모양을 그는 한없이 즐겼다. 지금 그의 머리에는 뒷자석에 앉아있는 두 남녀에 대한 생각은 전연 나지도 않았고, 다만 물소 생각에 잠겨 있을 뿐이었다.

지금부터 뒤쫓으려는 물소란 짐승은 낮에는 초목이 우거진 깊은 늪에 숨어있어서 도저히 쏠 수가 없다. 그러나 밤이 되면 풀을 뜯어먹으러 넓은 초원으로 나온다. 만약 차를 몰아서 놈들과 놈들이 있는 늪 사이를 비비고 들어가기만 하면 매코머는 넓은 초원에서 여유있게 그놈들을 겨눌 수 있는 것이다. 우거진 덤불 속에 들어가서 매코머와 함께 물소를 몰 생각은 나지 않았다. 매코머하곤 물소건 무엇이건 조금도 같이 사냥하고 싶지 않았으나 그것이 직업 수렵가의 슬픔이었다. 젊고 혈기왕성했을 때에는 보기 드물게 괴벽한 친구들과 더불어 사냥한 일도 있긴 있었지. 만일 오늘 물소를 잡게 되면 다음 목표는 삼각수 정도가 될 테지. 그렇게 되면 이 가련한 사나이도, 이 위험천만한 원정 수렵도 그럭저럭 끝마치게 될 거고 사태는 본래대로 끝장을 맺게 되겠지. 여자하고도 이 이상 더 어떻게 할 생각은 없고, 매코머의 일도 시간이 지나면 그럭저럭 잊어버리게 되겠지. 하는 꼴을 보니 이 친구는 전에도 여러 번 이와 같은 꼴을 당해 온 모양이야. 이 불쌍한 거지 같은 친구야. 이자는 그런 괴로운 일도 쉽사리 이겨내는 무슨 방법을 갖고 있음에 틀림없을 거야. 글쎄 이렇게 된 것도 불쌍한 바지저고리 같은 자신의 실수가 빚은 결과니까.

이 로버트 윌슨이란 자는 뜻밖의 무슨 행운이 굴러들어올 때를 대비하여 원정 수렵에는 항상 더블 베드를 갖고 다녔다. 이전에도 단골 손님을 위해 사냥을 나간 일이 있었다. 여러 나라 사람들과 섞인 일도 있었고, 방탕하고 스포츠 좋아하는 일행에 고용된 일도 있었는데, 그 일행 속의 여자들은 이 백인 사냥꾼과 침대를 같이 하지 않는다면 돈 쓰고 수렵하는 보람을 느끼지 못했던 것이다. 그 당시엔 그 중 썩 마음에 드는 여자도 있었지만, 헤어지고 나면 다 경멸할 만한 여인들 뿐이었다. 그러나 그는 그런 치들과 함께하며 생계를 이어왔다. 그들에게 고용당하고 있는 동안에는 그들의 표준에 따라 그도 행동했던 것이다.

사격 이외에 모든 일에서는 그들이 그의 표준이었다. 다만 수렵에서는 자기 자신의 표준을 지니고 있었고, 그래서 그들은 그의 표준에 따라 행동하든지 그러잖으면 다른 포수를 고용하는 수밖에 없었다. 그런 점에서 그들이 모두 자기를 존경하고 있었다는 것을 그는 잘 알고 있었다.

그런데 이 매코머라는 자는 이상한 친구였다. 제기랄, 자식만 없었으면. 그런데 그 놈의 아내는? 그렇지 그의 아내였지. 그녀는 그놈의 여편네지, 흥. 아내라고? 제기랄, 그 따위 것 전부 잊어버려라. 그는 머리를 돌려 두 남녀 쪽으로 시선을 옮겼다. 메코미는 화가 치민 듯이 험상궂게 앉아있었고, 마곳트는 그에게 미소를 던지고 있었다. 오늘 그녀는 유달리 더 젊어보였다. 여느 때보다 더 순진하고 더 신선한 모습이 갈보의 아름다움하고는 완연히 달랐다. 이 여자가 머리 속에 무슨 생각을 하고 있는지 알 도리가 있어야지. 간밤에 이 여자는 별로 말이 없었지. 게다가 이 여자의 얼굴만 봐도 자못 즐거워지는구나.

자동차는 나즈막한 오르막길을 기어올라 나무숲 사이로 달려갔다. 드디어 풀이 우거진 대초원과 같은 공지가 나왔고, 운전수는 속도를 늦추어 들판의 가장자리 은폐된 곳을 따라 천천히 차를 몰고 갔다. 윌슨은 초원 너머 그 저쪽 일대를 조심스럽게 휘둘러 보았다. 차를 멈추고 쌍안경으로 들판을 샅샅이 살펴보기도 했다. 그런 다음 운전수에게 몸짓으로 앞으로 나가도록 몸짓했다. 자동차는 울룩불룩한 구멍을 피하고 개미흙집을 비켜 가며 천천히 굴러갔다. 그때 들판을 건너다보고 있던 윌슨이 갑자기 뒤돌아보며 말했다.

"저게 저기 있어."

자동차는 뛰는 듯 달려나갔다. 윌슨이 운전수에게 빠르게 스와힐리 말로 뭐라고 하는 동안 매코머가 그가 손가락질 한 곳을 바라보니 거대한 검은 짐승 세 마리가 눈에 띄었다. 길고 묵직한 몸뚱이는 마치 원통형으로 보였고, 자못 검고 커다란 물탱크차 같은 짐승들은 초원의 먼 저쪽 끝을 질주하고 있었다. 목을 빳빳이 쳐들고 몸뚱이를 쑥 내민 채로 달려가고 있었다. 번쩍 치켜들고 달리는 그 머리끝에는 위로 뻗친 검은 뿔이 보였다. 머리는 움직이지 않았다.

"세 마리 다, 늙은 물소로군."

윌슨이 말했다.

"습지에 닿기 전에 놈들의 길을 가로막아 버립시다."

차는 들판을 시속 사십오 마일의 속도로 달렸다. 매코머의 눈에 물소는 점점 크게 보이더니 드디어 털없는 두툴두툴한 모양을 한 잿빛의 물소 한 마리를 볼 수 있게 되었다. 목이 어깨와 어깨 사이에 푹 파묻혀있고, 뛰어갈 땐 번쩍이는 까만 뿔을 볼 수 있었다. 그리고 그 앞으로 다른 두 마리가 몸을 곧장 앞으로 내민 채 유유히 뛰어가고 있었다. 그러자 그때 자동차는 길을 뛰어넘기나 하듯이 크게 흔들렸고, 일행은 물소 가까이에 와 있었다. 앞으로 넘어질 듯 돌진하는 물소의 거대한 몸체, 띄엄띄엄 털 난 먼지투성이의 피부, 널찍하게 벌어진 뿔, 길게 늘어진 넓은 콧구멍이 있는 콧등, 이런 모든 것이 그의 눈에 띄자 그는 총을 잡아들고 쏠 자세를 취했다. 그러자 윌슨이 외쳤다.

"차에서 쏘아선 안 돼요. 바보같이."

그때의 그는 아무것도 무서워하지 않았다. 윌슨에 대한 증오만을 느꼈다. 브레이크가 걸리더니 차는 옆으로 미끄러지며 거의 멈추게 되었다. 윌슨이 한쪽에서 내리고 그는 다른 쪽에서 내렸다. 발이 땅바닥에 부딪쳐 비틀거렸다. 그러나 곧 총을 치켜들고 달아나는 물소를 겨누어 쏘았다. 총알이 한 방 두 방 물소 몸에 맞는 소리가 들렸다. 물소는 여전히 착실하게 달리고 있었다. 그는 총알이 있는 대로 연거푸 쏘았다. 앞쪽 어깨와 어깨 사이에 퍼부어야 한다는 생각이 간신히 났다. 다시 총알을 재려고 어루만지고 있을 때 물소가 쓰러지는 것이 보였다. 무릎을 꿇고 커다란 머리를 앞으로 내젖고 있었다. 나머지 다른 두 마리가 달리고 있는 것을 보고 이번에는 앞장선 놈을 쏘아 명중시켰다. 또 쏘았다. 이번에는 맞지 않았다. 그는 꽝하고 울리는 윌슨의 총소리를 들었다. 그리고 앞에서 물소가 거꾸로 쓰러지는 것이 보였다.

"저기 또 한 마리를 쏴요."

윌슨이 소리쳤다.

"지금 쏜 것 말이오."

그러나 물소는 여전히 유유한 걸음으로 달리고 있었다. 그가 쏜 총알은 맞지 않고 먼지만 푹 일으켰고, 윌슨도 못 맞추어 먼지가 구름처럼 일어났다. 윌슨은 외쳤다.
"갑시다. 거리가 너무 멀어요."
라고 부르짖으며 그의 팔을 잡았다. 그들은 다시 차에 올라탔다. 매코머와 윌슨은 차의 양쪽에 매달려 우툴두툴한 지면을 따라 흔들리며 돌진하여, 여전한 속력으로 넘어질 듯 곧장 달려가는 목이 큰 물소를 뒤쫓아갔다.

일행은 물소 뒤로 다가섰다. 매코머가 총알을 재다 탄환을 땅에 떨어뜨리고 다시 주워서 억지로 총에 쑤셔넣고 있는 사이, 그들은 물소와 거의 부딪칠 정도가 되었다. 윌슨은,
"정지!"
하고 고함을 쳤다. 차는 뒤로 미끄러져 자빠질 뻔했고, 매코머는 앞으로 뛰어내렸다. 손잡이를 앞으로 제쳐 놓고, 구부리고 질주하는 검은 등을 겨누어 될 수 있는 대로 앞쪽을 쏘았다. 그리고는 또다시 겨누고 쏘았다. 그리고 또다시 쏘았다. 총알은 모두 명중했으나 물소는 까딱도 하지 않는 것을 볼 수 있었다. 그때 윌슨이 쏘았다. 귀를 쨍 하고 울리는 소리가 나더니 물소는 비틀거리기 시작했다. 매코머는 조심스럽게 겨누어 한 방 다시 쏘았다. 다음 순간 물소는 덥석 무릎을 꿇고 쓰러지고 말았다.

"잘 됐다."
윌슨은 말했다.

"훌륭한 솜씨군요. 이래서 세 마리 다 잡았군요."
매코머는 도취된 듯 몹시도 기뻤다.
"당신은 몇 번 쏘았어?"
그는 물었다.
"꼭 세 번 쏘았죠."
윌슨이 말했다.
"처음 물소는 당신이 잡았죠. 제일 큰 놈인데 다른 두 마리도 당신이 잡는 것을 나는 도와드렸을 뿐이죠. 놈들이 숲 속에 숨어 버리지나 않을까 걱정이었지만 잡은 것은 당신이었소. 나는 그저 손을 조금 빌려드렸을 뿐이지요. 당신의 솜씨는 아주 훌륭했소."
"차로 돌아가자."
매코머는 말했다.
"나는 한 잔 마시고 싶군."
"그 전에 저놈을 처치해 버립시다."
윌슨이 말했다. 물소는 무릎을 꿇고 있었다. 둘이 다 가서자 물소는 머리를 사납게 쑥 쳐들며 돼지눈같이 가느다란 눈에 노기를 띠고 무섭게 으르렁댔다.
"놈이 일어나면 큰일이니 주의하시오."
윌슨이 말했다.
"조금 옆으로 돌아가서 귀 바로 뒷머리를 보기 좋게 한 방 쏘시오."
매코머는 노기차게 마구 내휘두는 큼직한 목덜미 한

복판을 조심조심 겨누어 쏘았다. 그제서야 머리가 앞으로 푹 수그러지고 말았다.

"이제 됐소."

윌슨이 말했다.

"척추에 맞았소. 참 흉측한 놈들이지요."

"자아, 한 잔 하지."

매코머는 말했다. 생전 이렇게 기분 좋은 일은 없었다.

차 안에는 매코머의 아내가 새파랗게 질린 얼굴로 앉아있었다.

"잘 하셨어요. 여보."

그녀는 매코머에게 말했다.

"길이 험해서 혼났어요."

"너무 호되게 차를 몰았던가요?"

윌슨이 물었다.

"정말 혼이 났어요. 생전 이렇게 질려 본 일은 없었어요."

"다 같이 한 잔 하지."

매코머가 말했다.

"좋다 뿐이요!"

윌슨이 말했다.

"우선 아주머니부터."

그녀는 휴대용 빨병에서 위스키를 그냥 들이마셨다. 술이 목구멍을 넘어갈 때 약간 몸을 떨었다. 그 다음 그녀는 매코머에게 병을 돌리고, 매코머는 윌슨에게 돌렸다.
"정말 손에 땀을 쥐었지요."
여자는 말했다.
"그 바람에 골치가 몹시 아픈 걸요. 그런데 차에서 쏘아도 좋은 줄은 몰랐어요."
"아무도 차에선 쏘지 않았는데."
윌슨이 쌀쌀하게 말했다.
"제가 말하는 것은 자동차로 쫓았다는 말이에요."
"보통은 그렇게 하지 않지요."
윌슨이 말했다.
"그러나 쫓아가는 동안은 아주 재미있지 않았소? 웅덩이니 그밖에 여러 가지가 있는 초원에서는 그처럼 자동차로 쫓는 편이 걷기보다는 더 기회가 많단 말입니다. 물소라는 짐승은 생각만 있으면 우리가 쏠 때마다 번번이 덤벼들 수도 있지요. 놈들에게 모든 기회를 주는 셈이지요. 하지만 이 말은 누구에게도 하지 않으시는 게 좋겠습니다. 당신이 그런 뜻으로 말씀하신다면, 이것은 위법행위니까요."
"그러나 저는 몹시 비겁하다고 생각했어요."
마곳트는 말했다.
"저런 큰 무력한 짐승을 자동차로 쫓다니 말이에요."
"그랬던가요?"

윌슨이 대답했다.

"나이로비 사람들이 들으면 어떻게 돼죠?"

"우선은 제가 면허장을 뺏길지도 모르지요. 또 그 밖에도 여러 가지 불쾌한 일이 일어날 수도 있고요."

윌슨은 병에서 위스키를 한 모금 마시면서 말했다.

"정말?"

"네, 정말이지요."

"그렇다면."

하고 매코머는 그날 처음 웃음을 띠며 말했다.

"당신은 내 아내에게 약점을 잡힌 것이 되겠군."

"여보, 당신 말솜씨 아주 근사하군요."

마곳트 매코머는 말했다. 윌슨은 이 두 남녀를 번갈아 보았다. 그는 마음 속으로 생각했다―만약 남색가(男色家)의 남자가 동성애의 여자와 결혼한다면 대체 태어나는 애들이란 어떤 것들일까? 그러나 입으로는,

"엽총 운반인 한 명이 보이지 않는군요. 알고 있었습니까?"

하고 말했을 뿐이었다.

"저런, 전연 몰랐는데."

매코머는 말했다.

"아아, 저기 오는군요."

윌슨이 말했다.

"아무렇지도 않군. 우리들이 첫 번째 물소가 있는 데

서 떠날 때 차에서 떨어졌던 거죠."

 가까이 다가온 것은 중년의 엽총 운반인이었다. 그물처럼 뜬 모자를 쓰고 카키 색 웃저고리를 입고 짧은 바지에 고무신을 신고, 우울한 표정으로 절름거리며 오고 있었다. 다가오자 그는 윌슨에게 스와힐리 말로 무어라고 지껄였다. 백인 포수의 얼굴빛이 갑자기 변하는 것을 모두 알 수 있었다.

 "뭐라고 말했어요?"

 마곳트가 물었다.

 "첫 번째 소가 일어나서 덤불 속으로 도망쳤답니다."

 윌슨은 억양없는 목소리로 말했다.

 "그래?"

 매코머는 멍하니 말했다.

 "그럼 꼭 그 사자꼴이 되겠네요."

 하고 마곳트는 무엇을 예견하고 있듯이 말했다.

 "사자하고는 전연 딴판일 겁니다."

 윌슨은 대답했다.

 "매코머 씨 한 잔 더 하시겠소?"

 "고맙소, 한 잔 더 하지."

 지난번 사자에 대해서 가졌던 그 감정이 되살아 날 줄로 알았더니 그렇지는 않았다. 생전 처음으로 그는 전연 공포를 느끼지 않는 기분이 되었다. 공포 대신에 분명히 의기 충천한 느낌을 가졌던 것이다.

"두 번째 물소를 한 번 보러 갑시다."
윌슨이 말했다.
"운전수에게 자동차는 그늘 아래에 두도록 말하지요."
"무얼 하려구 그래요?"
마곳트 매코머가 물었다.
"잠깐 물소를 보려구요."
윌슨은 말했다.
"나도 가겠어요."
"가십시다."
세 사람은 걸어서 두 번째 물소가 들판에 검실검실하게 누위있는 곳으로 갔다. 풀 위에 대가리를 내던지고 커다란 뿔을 양쪽으로 널따랗게 뻗고 있었다.
"아주 근사한 대가리군."
윌슨이 말했다.
"나비 50인치는 되겠군."
매코머는 기쁨에 넘친 표정으로 쓰러진 물소를 내려다보았다.
"아이, 보기만 해도 흉칙해."
마곳트는 말하며,
"그늘에 들어가면 안 되나요?"
"그러지요."
윌슨은 말하며, 매코머 쪽을 향하여,
"보시오, 저 숲이 끊어진 데가 보입니까?"

하며 손가락으로 가리켰다.

"응."

"첫 번째 물소가 들어간 곳이 바로 저기죠. 운반인이 말하던 데에요. 그자가 차에서 흔들려 떨어졌을 때에는 물소는 쓰러져 자더랍니다. 그리고 그는 우리가 차를 몰아나가고 물소 두 마리가 뛰어 달아나는 것을 보고 있었는데, 그런 다음 위를 쳐다보니 첫 번째 물소가 일어나서 그를 노려보고 있더라나요. 그래서 그자는 죽어라고 도망쳤는데 물소는 유유히 저 덤불 속으로 사라져 버렸답니다."

"지금 당장 뒤쫓아 들어갈 순 없을까?"

매코머는 열심히 물었다.

윌슨은 살피는 듯한 눈초리로 그를 쳐다보았다. 이것이야말로 정말 신기한 일이 아니겠는가 하고 그는 생각했다. 어제는 굉장히 겁을 집어먹고 있었는데 오늘은 혈기에 넘치는 기세다.

"아니 좀 더 기다렸다 합시다."

"제발 그늘 밑으로 들어갑시다."

마곳트가 말했다. 그녀의 얼굴은 창백하고 기분이 좋지 않은 듯했다.

그들 셋은 자동차 있는 데로 걸어갔다. 자동차는 외따로 서서 가지가 사방으로 퍼진 나무 아래에 세워 두고 있었다. 그들은 차 안으로 기어들어갔다.

"혹시나 그놈이 저 속에서 죽어 있을지도 모르지요."
윌슨이 말했다.
"잠깐 있다 보러 갑시다."
매코머는 지금까지 한 번도 경험한 적 없는 걷잡을 수 없는 행복감이 북받쳐 오르는 것을 느꼈다.
"그렇다. 이거야말로 진짜 수렵이었군."
그는 말했다.
"여태까지 이런 기분이란 느껴 본 적이 없었지. 마곳트, 신나지 않는가?"
"난 싫어요."
"왜?"
"난 싫어요."
그녀는 뱉듯이 말했다.
"난 진저리가 나요."
"나는 이제 두 번 다시 어떤 상대고 두려워하지 않을 것 같은 생각이 드는군."
하고 매코머는 윌슨에게 말했다.
"처음 물소를 보고 쫓아가기 시작한 때부터 내게 무엇인가 변화가 일어났지. 마치 축이 끊어져 물이 쏟아져 나오듯이 말이야. 순수한 흥분이라고 할 수 있는 게 말이야."
"그것이 당신의 겁장이 간장을 싹 씻어 버린 모양이지요."

윌슨이 말했다.
"인간에겐 여러 가지 묘한 일이 일어나는 법이지요."
매코머의 얼굴은 빛나고 있었다.
"무슨 변화가 일어난 모양이야."
그는 말했다.
"나는 완전히 다른 인간이 된 것 같아."
 그의 아내는 아무 말도 없이, 이상스러운 듯 그를 쳐다보고 있었다. 그녀는 뒷자리에 깊숙이 파묻혀 앉아 있었고, 매코머는 앞으로 다가앉아 몸을 비스듬히 돌려 뒤를 향해 앉아 있는 윌슨에게 말을 던지고 있었다.
"나는 한 번 더 그놈의 사자와 부딪쳤으면 하는데."
라고 매코머는 말했다.
"이젠 사자쯤은 조금도 무섭지 않아. 요컨대 놈들이 무엇을 할 수 있겠어?"
"바로 그렇습니다."
윌슨이 말했다.
"기껏해야 상대를 죽일 정도지요. 그리고 그 다음은 무엇일까요. 셰익스피어가 한 말인데, 참 멋떨어진 근사한 말이지요. 참 뭐라고 했더라? 그래 정말 말도 잘했지. 한때는 곧잘 인용도 하곤 했는데, 가만 있자―결코 걱정은 안할 테야. 사람이 죽는 것도 오직 한 번뿐, 죽음이란 하나님이 주신 것이야. 될 대로 내버려두는 게 좋아. 올해 죽은 놈이 내년에 다시 죽지는 않을 테니—정말 근사한 말을 했지요."

 그는 자기의 생활 신조로 이런 말을 꺼냈으므로 몹시 당황했다. 그러나 이전에도 그는 사람이 제 나이 구실을 하게 되는 것을 보았는데 그럴 때마다 늘 깊은 감동을 받아왔었다. 어른이 된다는 것은 스물한 번째 생일날을 맞이한다는 것과는 다른 것이다.

 이러한 변화가 매코머에게도 일어난 것은 미리 이것저것 생각할 사이도 없이 갑자기 행동으로 돌입해야 하는 사냥이라는 기묘한 우연에서였다. 그 변화가 어떻게 일어났든지간에 하여튼 그런 변화가 일어난 것만은 틀림없는 사실이었다. 저 거지 같은 자식의 꼴을 보라고 윌슨은 생각했다. 녀석들 중에는 오랫동안 어린애 짓을 하는 놈도 있단 말이야. 잘못하면 죽을 때까지 어린애 모습을 지니는 놈도 있거든. 저 위대한 미국 어른의 가면을 쓴 어린애들 말이야. 참말 기묘한 친구들이야. 그러나 지금 나는 이 매코머라는 사나이가 마음에 드는군. 정말 이상한 친구라니까. 아마 이제는 여편네 서방질도 끝장이 날거야. 그럼 그렇지. 그건 정말 좋은 일이군. 정말 좋은 일이야. 이 거지 같은 자식은 평생 두려워하고만 살아왔을 게다. 어떻게 해서 그렇게 됐는지 몰라. 그러나 이제는 그것도 끝났어. 물소 따위를 상대로 하여 겁먹고 있을 시간의 여유가 없었던 거다. 그리고 또 차 덕분이기도 했지. 차가 있었기에 그런 기분을 맛보게 되었는지도 모르지. 지금은 아주 기세가 대단하군. 나는 이와 꼭 같은 것을 전쟁터에서도 보았다. 처녀성을 잃는 것보다 더 큰 변화였다. 수술한 것처럼 공포란 것이 사라져 버린다. 그리고 그 자리에 무엇인가 다른 것이 자라난다. 하나의 인간으로서 가져야 할 중요한 것이, 인간을 어른으로 만드는 것이. 여자들도 이런 것을 알고 있다. 겁먹을 건더기가 없어지는 것이다.

좌석 맨 구석에서 마곳트 매코머는 두 사나이를 바라보고 있었다. 윌슨에게는 아무런 변화도 없었다. 그 전날, 그녀와 그의 위대한 재능이란 어떤 것인가를 처음으로 알았을 때의 그와 전연 다름이 없었다. 그러나 지금 프란시스 매코머에게는 변화가 있었다.

"당신은 지금부터 일어나게 될 일에 대하여 행복감 같은 것을 느끼지 않는가?"

라고 매코머는 새로 획득한 부(富)를 여전히 탐구해 가면서 물었다.

"당신이 그런 말씀을 하실 줄은 몰랐는데요."

라고 윌슨은 상대편의 얼굴을 들여다보면서 말했다.

"오히려 공포감에 떨린다고 하시는 게 더욱 알맞을 것 같은데요. 지금부터라도 겁을 집어먹을 때가 얼마든지 있을 테니 말입니다."

"그러나 당신은 다음에 일어날 행동에 틀림없이 행복감을 느끼고 있지?"

"그럼요."

윌슨이 말했다.

"하지만 이런 일에 대해선 너무 말을 많이 하지 않는 게 좋습니다. 말이 많으면 모두 도망쳐 버린단 말씀입니다. 뭐든지 너무 많이 지껄이고 나면 신통치 않게 되는 법입니다."

"두 분 다 쓸데없는 소리만 하시는구료."

마곳트가 말했다.

"저 불쌍한 짐승을 자동차로 몰고 나서는 마치 영웅이나 된 것처럼 말씀하시는구료."

"미안합니다."

윌슨이 말했다.

"좀 지나치게 허풍을 떤 것 같군요."

이 여자는 말해 놓고는 벌써 후회하고 있다고 그는 생각했다.

"우리들 이야기를 알 수 없으면 왜 잠자코 있지 않소?"

매코머는 아내에게 물었다.

"당신은 굉장히 용감해졌구료, 그것도 굉장히 갑작스럽게."

그의 아내는 경멸하듯 말했으나 그 경멸은 분명치 않았다. 무엇인가 몹시 두려워하고 있었다.

매코머는 껄껄 웃었다. 그것도 마음 속에서 나오는 매우 자연스러운 웃음이었다.

"나는 그런 느낌은 확실히 갖고 있지."
그는 말했다.
"정말 갖고 있지."
"그건 좀 늦지 않았을까요?"
그녀는 입맛이 쓴 듯이 말했다. 왜냐하면 그녀는 과거 긴 세월 동안 할 수 있는 한 최선을 다했고, 지금 그들이 이렇게 되어 버린 것도 어느 한 사람의 잘못이 아니었기 때문이다.
"내게는 늦지 않았지."
매코머는 말했다.
마곳트는 아무런 대꾸도 없이 자리 한 구석에 주저앉았다.
"이젠 충분한 시간을 준 것이 아닐까?"
매코머는 쾌활하게 윌슨에게 말했다.
"보러 갈까요?"
윌슨이 말했다.
"총알은 아직 남아있지요?"
"운반인이 좀 가지고 있지."
윌슨은 스와힐리 말로 토인을 불렀다. 물소의 머리를 벗기고 있던 나이 먹은 토인이 일어나더니 호주머니에서 탄환갑을 끄집어 내어 매코머에게 주었다. 매코머는 일부는 탄창에 넣고 나머지 탄환을 호주머니에 넣었다.
"당신은 스프링 필드 총으로 쏘는 게 나을 겁니다."

윌슨이 말했다.

"이미 길들었으니 말입니다. 만리쳐 총은 아주머니에게 맡겨 차에 두고 갑시다. 엽총 운반인이 당신의 무거운 총을 가져갈 겁니다. 나는 이 큰 놈을 들고 가지요. 자, 그러면 다음은 그 물소 말인데요."

그는 매코머에게 두려움을 주고 싶지 않았기에 이 이야기는 마지막 순간까지 하지 않았던 것이다.

"물소가 덤벼들 때는 머리를 높이 들고 똑바로 돌진해 옵니다. 쑥 내민 뿔이 머리에 대한 사격을 막는 거지요. 치명탄은 똑바로 코에다 쏴야 합니다. 그 밖에는 가슴패기를 겨누든가 혹은 모로 서 있으면 목덜미나 어깨를 쏘는 겁니다. 한 번 맞기만 하면 놈들은 걷잡을 수 없이 마구 지랄한답니다. 무리한 짓을 해서는 안 됩니다. 그 자리에서 제일 편안한 사격을 하시오. 저 치들도 머리벗기기를 끝낸 모양이오. 자아, 출발할까요?"

그는 엽총 운반인을 불렀다. 그들은 손을 닦으면서 다가왔다. 나이 먹은 토인이 차 뒤에 올라탔다.

"공고니만을 데리고 갑시다."

윌슨이 말했다.

"다른 놈은 새들을 쫓도록 합시다."

넓은 늪지를 질러서 물이 흘러간 자국이 있었다. 그것을 따라 넓은 초원을 지나 풀잎이 혀 모양으로 뻗어 있는 덤불숲을 향하여 자동차는 굼실굼실 움직여 나갔다. 매코머는 가슴이 두근거리는 것을 느꼈고, 입이 다시 바싹 말랐다. 그러나 그것은 흥분으로 말미암은 것이었지 공포 때문은 아니었다.

"여기가 놈이 기어들어간 곳이지요."

윌슨이 말했다. 그리고는 토인 운반인에게 스와힐리 말로,

"핏자국을 따라가라."

고 말했다.

차는 덤불 사이에 평행으로 세웠다. 매코머 다음은 윌슨, 그 다음은 운반인, 이런 순서로 뛰어내렸다. 매코머가 뒤돌아보니 아내가 총을 곁에 놓고 그를 보고 있었다. 그는 손을 흔들었으나 그녀는 이에 응하지 않았다.

덤불은 들어갈수록 더 무성했고, 땅은 말라 있었다. 중년의 총 운반인은 무섭게 땀을 흘리고 있었고, 윌슨은 모자를 깊숙이 덮어쓰고 있었다. 그 붉은 목덜미가 매코머 바로 눈앞에 보였다. 갑자기 총 운반인이 윌슨을 향하여 스와힐리 말로 무어라고 중얼거리더니 앞으로 달려 나갔다.

"놈이 저기 뻗어있군요."

윌슨이 말했다.

"잘했습니다."

그리고 그는 뒤돌아 매코머의 손을 잡았다. 서로 쓴

웃음을 짓고 악수를 나누고 있을 때, 토인이 무섭게 소리지르며 덤불 속을 모로 개같이 튀어나오는 것이 보였다. 뒤따라 뛰어나오는 물소. 코를 번쩍 들고 입을 꽉 다물고 피를 질질 흘리면서 큼직한 대가리를 앞으로 내밀고 덤벼드는 것이었다. 돼지눈 같은 조그마한 눈으로 그들을 노려보며 핏대를 올리고 있었다. 앞에 섰던 윌슨이 무릎을 꿇고 쏘았다. 매코머도 쏘았다. 그러나 그의 총성은 윌슨이 쏜 총성 때문에 들리지는 않았다. 다만 커다란 뿔 끝에서 슬레이트 같은 파편이 튕기는 것이 보이더니 어느 새 짐승머리가 쑤욱 다가와 있었다. 그는 넓적한 콧구멍을 겨누어 또 쏘았다. 뿔이 또 흔들리며 파편을 날리는 것이 보였다. 그때는 벌써 윌슨이 보이지 않았다. 조심스럽게 겨누며 그는 또 쏘았다. 그때 이미 물소의 큼직한 몸뚱이가 거의 그에게 덮칠 정도로 박두해 있었다. 그의 총은 코를 내밀고 덤벼드는 물소 대가리와 닿을락말락 했다. 악에 받친 사악하고 작은 두 눈이 보였다. 머리를 아래로 숙였다. 순간 그는 백열의, 눈이 핑 도는 섬광이 머리 속에서 터지는 것을 느꼈다. 그것이 그가 느낀 모든 것이었다.

윌슨은 어깨를 쏘려고 한쪽 옆으로 비켜 서 있었다. 매코머는 똑바로 선 채 코를 겨누어 쏘고 있었다. 그러나 번번이 약간씩 높아 총알은 묵직한 뿔에 맞아 슬레이트 지붕에 맞은 것처럼 파편을 날려 보낼 뿐이었다.

차 안에 있던 매코머 부인은 65구경 만리쳐 총으로 물소를 겨누어 쏘았다. 남편의 몸이 방금 물소의 뿔에 찔리는 것 같았기 때문이었다. 그러나 탄환은 이 인치 가량 높아서 그의 남편이 맞고 말았다. 두개골 한 쪽 옆 밑끝에 맞은 것이다.

프란시스 매코머는 얼굴을 밑으로 땅에 쓰러지고 있었다. 그로부터 2야드도 못 되는 곳에 물소가 모로 넘어져 있었다. 아내는 남편의 시체 옆에 꿇어앉았다. 윌슨은 그 곁에 서 있었다.

"몸을 뒤집어서는 안 되오."

윌슨이 말했다.

여자는 히스테리칼하게 울고 있었다.

"나는 차 있는 데로 돌아가겠소."

윌슨이 말했다.

"총은 어디 있지요?"

그녀는 머리를 설래설래 흔들었다. 얼굴이 일그러져 있었다. 총 운반인이 총을 집어올렸다.

"그냥 그대로 둬."

윌슨이 소리질렀다. 그리고 나서는,

"가서 아부들라를 불러와. 사건의 증인이 되어 주도록."

그는 무릎을 꿇고 호주머니에서 손수건을 꺼내어 프란시스 매코머의 짧게 깎은 머리 위에 펴 놓았다. 피는 푸석푸석한 마른 땅속으로 스며들고 있었다.

윌슨은 일어나서 모로 넘어져 있는 물소를 보았다. 사지는 쭉 뻗고, 엷은 털이 난 배에는 진드기가 기어다니고 있었다. '참, 근사한 물소로군'하고 그의 머리에서는 기계적으로 이런 상념이 스쳐갔다. '오십 인치는 돼, 아니 더 될 걸, 아니 더 클 거야.' 그는 운전수를 불러서 시체 위에 모포를 덮고 그 옆에 서 있으라고 명령했다. 그리고 나서 그는 자동차 있는 데로 갔다. 여자는 좌석 한 구석에 앉아 울고 있었다.

"큰 일을 저질렀군요."

윌슨이 가락없는 소리로 말했다.

"그 양반도 당신하고 헤어지고 싶어했을 테지만."

"그만 두어요."

그녀는 말했다.

"물론 이것은 사고지요."

그는 말했다.

"사실 그렇습니다."

"그만 두라니까요."

그녀는 소리를 질렀다.

"걱정할 건 없소."

그는 말했다.

"그거야 불쾌한 일도 다소 있기야 하겠지만서도, 별 염려는 없을 겁니다. 취조할 때 도움이 되게 사진을 좀 찍어 둡시다. 게다가 운반인들과 운전수도 증인이지요.

조금도 걱정할 건 없어요."
"그만 두어요."
그녀는 말했다.
"이제부터 해야 할 일이 태산같군요."
그는 말했다.
"차를 호수까지 보내서 무전을 쳐서 우리들 셋이 나이로비에 갈 수 있도록 비행기를 부탁해야겠소. 왜 독약을 쓰시지 않았소? 영국에서는 그런 방법을 쓴답니다."
"그만, 그만, 그만 하라니깐."
여자는 울부짖었다.
윌슨은 무표정한 파란 눈으로 그녀를 쳐다보았다.
"나도 이젠 시원해졌습니다."
윌슨이 말했다.
"약간 화는 냈지만, 당신 남편이 조금씩 좋아졌으니 말이오."
"아아, 제발 그만 두세요."
그녀는 말했다.
"제발, 제발 그만 두세요."
"그 편이 낫겠군."
윌슨은 말했다.
"제발이라고 붙이는 편이 훨씬 낫군. 그럼 나도 그만 두기로 하죠."

킬리만자로의 눈

킬리만자로의 눈

 킬리만자로는 높이 19710피트, 눈에 뒤덮인 산으로 아프리카 대륙의 최고봉이라 한다. 서쪽 봉우리는 마사이 어(語)로 '누가예 누가이' 즉 신(神)의 집이라고 불려지고 있는데, 이 서쪽 봉우리 가까이엔 말라 얼어 빠진 한 마리 표범의 시체가 놓여 있다. 도대체 그 높은 곳에서 표범은 무엇을 찾고 있었는지 아무도 설명해 주는 사람은 없었다.

 "신기한 노릇이야 고통이 없어졌으니."
 사나이는 말했다.
 "그래서 죽음이 올 때를 알게 되는 거지."
 "그게 정말이에요?"
 "정말이구 말구. 그런데 이런 냄새를 피워서 참 미안하군. 당신도 성가실 거구."
 "아니 원! 제발 그런 말씀 마세요."
 "저것들 좀 봐요."
 사나이는 말했다.

"저것들이 모여드는 건 내 꼴을 보고서일까? 혹은 냄새를 맡고서일까?"

사나이가 누워있는 침상은 미모사 나무의 넓은 그늘 아래 놓여 있었다. 그늘 건너편에 눈부시게 반짝거리는 벌판을 바라보자 거기에는 커다란 새 세 마리가 음란하게 웅크리고 있고, 하늘에도 열 서너 마리가 날고 있어, 지나갈 때마다 민첩하게 움직이는 그늘을 땅위에 던진다.

"저 새들은 트럭이 고장난 그날부터 줄곧 저기에 있었지."

사나이는 말했다.

"땅에 내려앉은 건 오늘이 처음이지. 저 새들을 어느 때고 소설에 써먹고 싶은 경우가 있을 듯해서 처음엔 날아다니는 모양을 유심히 관찰했지. 이제 생각하니 우스운 것이군."

"단지 지껄일 뿐이야."

그는 말했다.

"지껄이고 있으면 한결 편하니까. 그렇지만 당신을 성가시게 하려는 건 아니야."

"그렇다구 제게 성가실라구요. 아시면서두."

여자는 말했다.

"아무것도 해 드리지 못해 안타까울 지경인데요. 비행기가 올 때까진 되도록 안정(安靜)을 취해야 한다고 생각해요."

"혹은, 비행기가 오지 않을 때까지란 말이구료."

"어서 제가 할 일이나 좀 일러 주세요. 제가 할 수 있는 일이 틀림없이 있을 테니까요."

"내 다리나 잘라 주구려, 의심스러운 일이긴 하지만 그러면 고통도 없어질 거야. 그렇지 않으면 날 쏴 죽이든지. 이젠 당신도 명사수니까. 내가 당신에게 총쏘는 법을 가르쳐 주지 않았소?"

"아예 그런 말씀일랑 마세요. 책이라도 읽어 드릴까요?"

"뭣을 읽겠어?"

"책가방 속에서 뭐든지 읽지 않은 걸루요."

"난 듣고 있을 수가 없어."

그는 말했다.

"지껄이는 편이 제일 편해. 싸움이라도 하고 있으면 시간은 지나갈꺼야."

"전 싸움 안해요. 하고 싶지도 않아요. 이젠 싸움은 그만 둡시다, 아무리 화가 나더라도. 아마 오늘쯤, 그 사람들이 다른 트럭을 가지고 돌아올 거예요. 어쩌면 비행기도 올꺼구요."

"난 꼼짝도 하기 싫어."

그는 말했다.

"당신을 더 편하게 해 주기 위해서라면 몰라도 이젠

움직인다는 건 어리석어."

"그건 비겁해요."

"공연히 남의 욕을 하지 말고 마음 편히 죽게 내버려 둘 수는 없소? 내게 욕을 한댔자 무슨 소용이 있겠소."

"당신은 죽을 리가 없어요."

"어리석은 소리 마우. 나는 시방 죽어가는 판인데. 저 빌어먹을 놈들한테 물어 보구려."

 그는 크고 추악한 새들이 북실북실한 털 속에 벌거숭이 머리를 파묻고 앉아있는 쪽을 바라보았다. 넷째 번 새가 땅으로 내려와 잰걸음으로 달려서 다른 새들이 있는 곳으로 치축치축 걸어갔다.

"저런 새들은 어느 캠프의 주위에도 있는 법이에요. 당신 눈에 띄지 않았다 뿐이죠. 인간이란 단념만 하지 않으면 죽진 않는 법이라우."

"어디서 그 따윌 읽었어? 바보같이."

"다른 사람의 일이라도 생각하시지요."

"천만에."

 그는 말했다.

"그건 나의 전문이었지."

 그는 드러눕더니 잠시 말없이 햇빛에 아지랭이 이는 벌판 저 건너 숲가를 바라보았다. 노란 벌판을 배경으로 하여 몇 마리의 산양이 조그맣고 하얗게 보였다. 멀리 저쪽에는 파란 숲을 배경으로 한 떼의 하얀 얼룩말이 있었다. 이곳은 언덕을 등지고 큰 나무 그늘 밑에 자리잡은 쾌적한 캠프장이고, 물이 좋았고 바로 곁에 있는 거의 물이 말라 버린 샘물에서는 아침마다 들꿩들이 날아들곤 했다.

"책이라도 읽어 드릴까요?"

여자는 물었다. 여자는 그의 침상 옆 캔버스 의자에 앉아있었다.

"산들바람이 부는군요."

"아니 읽을 필요 없어."

"아마 트럭이 올 거예요."

"트럭 같은 건 아무래도 좋아."

"전 그렇지 않아요."

"당신은 내가 관심을 두지 않는 그 많은 일에 괜히 걱정을 하거든."

"그렇지 않아요, 해리."

"술은 어떨까?"

"당신에겐 해로울 거에요. 브랙의 책에도 알콜성은 일체 피하라고 씌어있어요. 그러니까 마시면 안 돼요."

"몰로!"

그는 외쳤다.

"네, 주인님."

"위스키 소다를 가져와."

"네, 주인님."

"그건 안 돼요."
여자는 말했다.
"그런 것이 바로 제가 말한 단념한다는 뜻이에요. 책에도 술은 나쁘다고 적혀있어요. 당신에게 해롭다는 건 나도 알고 있어요."
"아냐. 내게는 좋아."
그는 말했다.

이제는 모든 것이 끝장났다고 그는 생각했다. 이 모양으로, 마시겠다느니, 마시면 안 된다느니 하고 싸우다가 죽는 거다. 오른쪽 다리에 괴조(壞疽)가 발생한 이래 고통과 더불어 공포감까지도 사라지고 지금 느끼는 것은 오로지 심한 피로와 이것이 종말이라는 울화뿐이었다. 그는 지금 닥쳐오고 있는 이 죽음이라는 것에 대해서는 거의 호기심을 갖지 않았다. 몇 해 동안이나 그것은 마음속에서 떠나지 않았으나, 이제는 그것 자체가 무의미하였다. 피곤해지면 죽음도 대단치 않게 여겨지니 이상한 일이다.

충분히 이해하고 훌륭한 글을 쓸 때까지는 쓰지 않기로 했던 것들도 이제는 쓸 일이 없을 것이다. 그렇게 되면 써 보려다가 실패를 하는 경우도 없게 될 것이다. 어차피 쓸 수 없을지도 모른다. 그러기에 차일피일 미루기만 하고 착수를 못한 것이다. 하여튼 지금에 와서는 도무지 알 수 없다.

"우리가 여기 오지 않았더라면 좋았을 걸."

여자는 말했다. 그녀는 유리컵을 손에 들고 입술을 깨물며 그를 바라보고 있었다.

"파리에 있었다면 이 지경은 안 당하셨을 거예요. 당신은 늘 파리가 좋다고 그러셨죠. 파리에 머물 수도 있었고 또 어디든지 갈 수도 있었지요. 전 어디든지 갔을 거예요. 당신이 원하는 곳이라면 어디든지 가겠노라고 저는 말했지요. 사냥을 원하셨다면 헝가리에 가서 사냥을 했을 테고, 그랬다면 퍽 즐거웠을 거예요."

"당신의 지독한 돈으로 말이지."

그는 말했다.

"그건 온당한 말씀이 못 돼요."

여자는 말했다.

"돈은 언제나 제 것인 동시에 당신 것이기도 했는 걸요. 전 만사를 다 버리고 당신이 가자는 데로 어디나 갔고 또 원하시는 일이라면 무엇이건 해 오지 않았어요? 하지만 여기만은 안 왔더라면 좋았다고 생각해요."

"당신은 여기가 좋다고 그러지 않았어."

"당신 몸이 성하실 땐 좋았어요. 하지만 지금은 이런 꼴을 당하다니, 우린 무슨 짓을 했단 말이죠?"

"내가 한 일이란 처음에 긁어서 상처를 냈을 때 거기에 옥도정기 바르는 걸 잊었던 일이겠지. 그때 병독(病毒)에 걸리지 않은 몸이었기에 전연 주의를 하지 않았던 거야. 나중에 악화되었을 때, 방부제가 떨어져 그 약한 석탄산액(石炭酸液)을 사용하게 된 탓으로 모세관(毛細管)이 마비돼서 괴조가 발생한 것일 거야."

그는 그녀를 쳐다보았다.

"그 밖에 또 무엇이 있을까?"

"제 말은 그런 뜻이 아니에요."

"그 덜 되먹은 키쿠유족 운전수 대신에 훌륭한 기술자를 두었더라면, 기름 상태도 살폈을 거구 트럭의 베아링도 태우지 않았을 거야."

"그런 뜻이 아니라니깐요."

"당신이 당신 가족이랑 그 빌어먹을 놈의 올드 웨스트베리니 사라토가니 팜 비취 패들과 헤어져서 날 따라오지만 않았더라면……"

"저런, 나는 당신을 사랑했으니까요. 그건 너무 하세요. 지금도 당신을 사랑하고 있어요. 언제까지나 당신을 사랑하겠어요. 당신은 저를 사랑하지 않으세요?"

"그렇소."

그는 말했다.

"당신을 사랑한다고는 생각지 않아. 한 번도 사랑해 본 일도 없어."

"해리! 무슨 말을 그렇게 하세요? 당신 머리가 돌았나 봐."

"아냐, 돌 만한 머리도 갖고 있지 않아."

"그것 마시면 안 돼요."
여자는 말했다.
"여보 제발 좀 마시지 마세요. 우린 할 수 있는 일은 다해 봐야 해요."
"당신이나 하구료."
그는 말했다.
"난 피곤해."

지금 그는 마음속에서 카라카치 역(驛)을 보고 있다. 그는 짐을 손에 들고 서 있다. 지금 어둠을 뚫고 오는 것은 심프론 오리엔트 철도회사 소속의 열차에서 비치는 헤드라이트다. 퇴각(退却) 후 그는 트라키아를 막 떠나려던 참이었다. 이것은 그가 후일 글을 쓰려고 간직해 두었던 것 중의 하나다. 그날 아침 식사 때 창 밖을 통해 불가리아의 눈덮인 산을 보았던 일, 저것이 눈이냐고 난센의 비서가 노인에게 묻는다. 노인은 창 밖을 바라보면서 '아니야, 저건 눈이 아냐, 눈은 아직 시기가 일러.' 라고 대답한다. 이에 비서는 다른 여자들에게 이것 봐, 눈이 아니래, 하고 되풀이한다. 그러면 여자들은 일제히 저건 눈이 아니에요, 우리들이 잘못 봤어요, 라고 말한다. 그러나 그것은 틀림없는 눈이었다. 주민들이 교대입주(交代入住)를 하도록 추진했을 때, 그는 그들을 눈 속으로 보냈던 것이다. 그리고 그들이

밟고 간 것은 눈이었고, 그해 겨울 그들은 죽었다.

그해 크리스마스에도 가우엘탈 높은 곳에는 한 주일 동안 계속 눈이 퍼부었다. 그해 그들은 크고 네모진 사기난로가 방 절반을 차지하고 있는 나무꾼 집에 묵고 있었고, 밤나무 잎새를 잔뜩 넣은 요를 깔고 잠을 잤다. 그때 탈주병(脫走兵) 한 명이 눈 속을 뚫고 발이 피투성이가 되어 나타났다. 탈주병은 자기 뒤를 헌병이 따르고 있다고 말했다. 그들은 그에게 털양말을 주며 도망을 시켜 놓고 그 발자국이 눈으로 뒤덮일 때까지 이야기를 늘어 놓아, 그 헌병을 붙들어 두었다.

슈룬츠에서의 크리스마스 날, 눈이 너무도 환히 반짝였으므로 주막에서 밖을 내다보면 눈이 아플 정도였다. 사람들이 교회에서 집으로 돌아오는 것이 보였다. 가파른 언덕에 소나무로 둘러싸인 강기슭을 따라 썰매에 미끈해지고 오줌에 노랗게 물든 눈길을 어깨에 무거운 스키를 짊어지고 올라가던 곳이었다. 마드래너 산장 위의 빙하를 단숨에 내리달리면 눈은 과자에 입힌 설탕 모양으로 미끄럽고, 백분과 같이 가벼웠다. 스피드는 점점 더하여져 소리도 없이 전속력으로 내리달리면 마치 나는 새와 같았다는 생각이 난다.

그 때 모두들 눈보라로 한 주일 동안은 마드래너 산장에서 오도 가도 못하게 되어, 자욱한 담배 연기 속의 초롱불 옆에서 트럼프 놀이만을 했던 것이다. 그런데 렌트 씨는 지면 질수록 더 많은 돈을 걸게 되었고 결국 그는 돈을 몽땅 잃고 말았다. 스키 교수에서 얻은 사례금도, 시즌에서 얻은 이익금도, 밑천까지도 모두. 코가 긴 사나이가 카드를 집어 들자 보지도 않고 내던지던 모습이 눈에 선하다. 그때는 자나깨나 늘 노름을 했다. 눈이 안 온다고 노름을 하고, 눈이 너무 많이 온다고 노름을 했다. 그는 여태까지 노름으로 낭비한 모든 시간에 대해 생각하고 있었다.

 그러나 그는 그것에 대해서는 한 줄의 글도 써 본 일이 없었다. 평원 저쪽에는 산맥이 뚜렷이 보이고, 그 춥고 맑게 개인 크리스마스 날, 바커의 비행기는 전선(戰線)을 넘어 휴가를 받아 돌아가는 오스트리아 장교들의 열차를 폭격하였다. 뿔뿔이 흩어져 도망가는 그들을 향해 기총소사(機銃掃射)를 가했었는데, 그런 것에 대해서도 아직 쓴 일이 없었다. 그 뒤에 바커는 식당에 들어와서 그때의 이야기를 하기 시작하던 당시의 얼굴이 생각났다. 모두들 조용히 듣고만 있었는데 그때 어떤 사람이 말했다.

 "에이, 무지막지한 살인귀 같으니!"

 그 후 해리와 같이 스키를 타던 사람들은 당시 그들이 죽였던 같은 오스트리아 인들이었다. 아니야, 그렇지 않다. 한스, 겨우내 같이 스키를 타던 한스는 카이저 경보병대(輕步兵隊)에 소속해 있었다. 제재소 위쪽

계곡으로 같이 토끼 사냥을 갔을 때 바스비오의 전투와 팔티카와 아사로네의 공격담(攻擊談)에 대해 말했던 것이다. 그렇지만 그것에 대해서도 한 마디도 쓰지 않았고, 몬데 코노며 시에테 커뮌이며 알시예도에 대해서도 쓰지 않았다.

그는 몇 해 겨울이나 휘랄베르크와 알베르크에서 보냈던 것일까? 그리고 그들이 도보로 부르덴츠에 갔을 때, 여우를 팔러 온 사나이를 보았던 생각이 떠올랐다. 그때 선물을 사러 갔던 거다. 또 상급(上級) 키르슈 주(酒)의 살구씨의 진미. 굳게 얼어붙은 땅 위에 쌓인 눈가루를 휘날리면서 미끄러지며 '히! 호! 로리는 부르짖었네' 하고 노래 부르며, 험한 골짜기로 마지막 코스를 달려가다 다시 길을 바로 잡고 과수원을 세 번 돌아 빠져 나와 도랑을 넘어서 숙소 뒤의 빙판길로 나왔다. 동여맨 끈을 툭툭 쳐서 늦추고 스키를 벗어서 숙소 판자벽에 기대놓는다. 등잔 불빛이 창에서 흘러나온다. 안에서는 담배 연기와 새 포도주가 풍기는 따스한 향기 속에서, 모두들 아코디언을 켜고 있었다.

"파리에선 어디서 머물렀지?"

지금은 아프리카에서 자기 옆 캔버스 의자에 앉아있는 여자에게 물었다.

"크리용이죠. 아시면서두."

"내가 어떻게 안단 말이오?"
"우리가 늘 머물던 곳이니까요."
"아냐, 늘은 아니었어."
"그곳하고 생제르맹 가(街)의 헨리 4세관 두 군데였죠. 당신은 그곳이 좋다고 말씀하셨는걸요."
"좋아하다니, 그건 똥무더기 같은 소리야."
해리는 말했다.
"그리고 나는 그 똥무더기에 올라 앉아서 우는 수탉과 같은 신세란 말이야."
"만일 부득이 가셔야 할 경우에."
여자는 말했다.
"당신은 뒤에 남겨 둘 것들을 모조리 다 때려 부술 필요가 있단 말인가요? 그래 모든 것을 가지고 가야 한단 말이에요? 당신 말도, 아내도 다 죽이고, 안장도 갑옷도 다 불살라 버려야만 한단 말인가요?"
"그렇소."
그는 말했다.
"당신의 그 지긋지긋한 돈이 바로 내 갑옷이었어. 나의 스위프트며 나의 아머이기도 했어."(아머와 스위프트는 모두 시카고의 으뜸가는 부호)
"그만 둬요."
"좋아, 그만 두지. 당신을 괴롭히고 싶진 않아."
"이제는 좀 늦었어요."

"그렇다면 좋아. 좀더 괴롭혀 줄까. 그게 더 재미나니깐. 당신과 하기를 정말 좋아하는 오직 그 한 가지 일도 지금은 못하게 되었으니."

"아니에요. 그건 그렇지 않아요. 당신은 여러 가지 일을 하길 좋아하셨고, 당신이 좋아하는 일이라면 나는 뭐든지 했는걸요."

"제발, 자기 자랑은 그만 두는 게 어때?"

사나이는 여자를 쳐다보았다. 여자는 울고 있었다.

"이봐요."

사나이는 말했다.

"당신은 내가 장난으로 이런 말을 하고 있다고 생각하는 거요? 내가 왜 이런 말을 하는지도 모르겠어. 당신을 살리려다 도리어 죽게 하는 것인지도 몰라. 이야기를 시작할 적엔 나도 괜찮았어. 이럴려고 하진 않았어. 그런데 이제는 완전히 돌아 버렸어. 그리고 당신에겐 되도록 지독하게 굴려고 하고 있어. 이봐, 내가 말하는 것에 조금도 신경을 쓰지 말우. 정말 당신을 사랑하고 있소. 나는 여지껏 당신을 사랑하듯이 다른 누구도 사랑한 일은 없었소."

그는 버릇이 된 거짓말에 자기도 모르는 사이에 빠졌다. 그 거짓말로써 그는 지금까지 빵과 버터를 벌어왔던 것이다.

"당신은 제겐 참 다정하셔요."

"요 암캐야."

그는 말했다.

"돈 많은 암캐야. 이것은 시(詩)야. 내 머리 속엔 지금 시가 가득 차 있어. 헛소리와 시가, 헛소리 같은 시가 말이지."

"그만 둬요, 해리. 왜 당신은 지금 악마처럼 되어가는 거예요?"

"나는 뭐든 남겨 두고 가긴 싫어."

그는 말했다. '뭐든 남기고 가긴 싫단 말야.'

어느덧 저물녘이 되었다. 사나이는 잠시 잠이 들었다. 석양은 언덕 너머로 지고 벌판은 그늘로 뒤덮여 있었다. 작은 짐승들이 캠프 근처에서 먹을 것을 찾고 있었다. 머리를 재빨리 굽히고 꼬리를 휘휘 저으면서, 이제는 수풀에서 꽤 먼 이곳까지 와 있는 것을 그는 바라보고 있었다. 이제 새들은 하나도 땅 위에 있지 않았다. 모두가 나무 위로 무겁게 올라 앉았다. 전보다 수효는 더 많아졌다. 심부름하는 소년이 그의 옆에 앉아 있었다.

"마님은 사냥가셨어요."

소년은 말했다.

"주인님, 뭘 드릴까요?"

"아무것도 싫다."

여자는 약간의 찬거리를 잡으러 갔다. 사나이가 사냥

구경을 좋아하는 것을 잘 알고 있었지만, 그가 바라볼 수 있는 이 수풀 속의 작은 지대만은 소란하게 하지 않으려고 먼 곳으로 갔던 것이다. 항상 생각이 깊은 여자구나, 하고 그는 생각했다. 그녀가 알고 있는 것, 읽고 들은 것에 대해서는 사려깊은 여자였다.

그가 여자에게 접근하였을 때 이미 폐인이 되어 있었던 것은 여자의 책임이 아니었다. 남자가 마음에도 없는 헛소리를 늘어 놓고 있다는 것을 여자가 어떻게 알 수 있겠는가? 단지 입버릇으로 또는 심심풀이로 지껄이고 있는 것을 여자가 어떻게 알아차린단 말인가? 이 사나이가 마음에도 없는 헛소리를 지껄인 뒤부터 그의 거짓말은 오히려 진실을 얘기할 때보다 여자들에겐 더 효과적이었다.

그가 거짓말을 했다기보다는 오히려 이야기할 만한 진실이 없었다. 그는 인생을 마음껏 즐겼으나 이제는 그것도 끝장났다. 다른 여자와 돈도 더 많이 가지고 같은 장소에서도 최상의 인물들과 새로운 사람들을 상대로 하여 자기의 생활을 시작했던 것이다.

그것은 아주 신통한 일이었다. 속셈을 완전히 차리고 보니 뭇사람들처럼 지리멸렬하는 일은 없었다. 지금까지 해 오던 일에 대해서 이젠 이상 더 할 수도 없게 되었으므로 조금도 흥미가 없다는 태도를 취했다. 그러나 마음속으로는 언젠가는 이 사람들, 큰 부자들의 이야기를 써 보리라. 나는 사실 그들의 동료가 아니고 그들 사회의 스파이라는 것, 그러기에 그 사회를 떠나 그것에 대하여 글을 써 보리라. 그러니까 '언제든 한 번은 무엇을 쓸 것인가를 알고 있는 어느 작가에 의해서 씌어지게 될 것이다' 하고 생각했다. 그러면서도 그는 결코 쓰려고 하지 않았다. 아무것도 쓰지 않고 안일만을 추구하며 자기 스스로 멸시했던 그런 인간이 되어 버린 매일의 생활이 그의 재능을 우둔하게 만들었고, 일에 대한 의욕마저 약하게 했기 때문에 결국 아무것도 쓰지 못하게 되고 말았다. 그가 지금 사귀고 있는 사람들은 일하지 않을 때보다 더 기분 좋게 사귈 수 있는 인물들이었다. 아프리카는 그의 인생에서 가장 행복하게 지내던 곳이었다. 그래서 그는 재출발을 하기 위해서 이곳으로 온 것이었다. 그들은 이 사냥에서 안락을 최대한으로 배제했다. 그렇다고 고생스러운 일은 없었다. 호화스런 사치도 없었다. 이렇게 함으로써 다시 훈련된 생활로 돌아갈 수 있으리라 생각했던 것이다. 이 방법으로 마치 권투선수가 자기 육체의 지방을 없애기 위해서 산중으로 들어가 노동하고 훈련하듯이, 그도 어느 정도 자기의 정신에 쌓여있는 지방을 벗겨 버릴 수 있으리라 여겼었다.

여자도 그런 생활을 즐겼다. 즐기노라고 말하기까지 했다. 자극적이고 장면의 변화가 따르는 일이라면 무엇이든 그녀는 즐겼다. 거기서는 새로운 사람을 만나게 되고 만사가 재미있었다. 그래서 그는 일하겠다는 의욕이 되살아 날 것 같은 착각을 느끼고 있었다. 그러나 지금 이 모양으로 일생을 마쳐야 한다 하더라도, 그리고 그것을 그 자신도 알고는 있었지만, 제 등뼈가 부러졌다고 해서 제 몸뚱이를 물어뜯는 뱀처럼 자기 자신과 맞서서는 안 될 것이다. 이 여자에겐 잘못이 없다. 만일 이 여자가 아니더라도 다른 여자가 있었을 것이다. 만일 그가 거짓말로 살아왔다면, 거짓말로 죽어야 할 것이다. 언덕 저 너머에서 한 발의 총소리가 들렸다.

여자는 훌륭한 사격수였다. 착하고 돈 많은 암캐, 친절한 시중꾼, 그의 재능의 파괴자였다. 당치도 않은 소리! 그의 재능은 그 자신이 파괴하지 않았던가. 너를 잘 보살펴 주었다고 해서 그 여자를 나무라야 한단 말이냐? 그가 자기 재능을 망치고 만 것은 자기 재능을 전연 사용하지 않았기 때문이며, 자기 자신과 자기의 믿는 바를 배반했기 때문이다. 지각의 칼날을 무디게 할 정도로 너무 술을 마셨기 때문이다. 태만과 타성과 속물근성 때문이고, 자부심과 편견과 그 밖에 수단방법을 가리지 않았기 때문이 아닌가? 이건 뭐란 말이냐? 헌 책 목록(目錄)인가? 도대체 그의 재능이란 어떤 것이냐? 그것은 틀림없는 하나의 재능이긴 했으나 그는 그것을 사용하는 대신에 그것을 밑천삼아 팔았던 것이다. 그의 재능이란 실제로 이룩한 것이 아니고 언제나 하면 할 수 있다는 그런 식이었다. 그리고 그가 생활을 하기 위해 선택한 것은 펜이나 연필이 아니고 다른 무엇이었다. 그가 다른 여자와 사랑에 빠지면 으레 먼젓번 여자보다 돈이 많은 여자였다는 것은 이상한 일이 아닌가? 그가 지금 이 여자에게 대해서 이미 사랑하지도 않으면서 거짓말만을 하고 있을 때, 어느 누구보다도 돈이 많고 지금의 생활을 도맡아하고 있는 이 여자가 과거에는 남편과 자식도 있었고, 애인들도 있었건만 그들에게 만족치 못하고 지금의 그를 한 작가로서, 남성으로서, 벗으로서 또는 자랑거리의 재산으로서 극진히 사랑하고 있는 이 여자에 대해서 그가 진실한 사랑을 하던 때보다 그 여자 돈에 대하여 더 많은 것을 할 수 있다니 참 이상한 일이었다.

그는 우리가 자신이 하는 일에 모두 적응하도록 되어 있는 것이 틀림없다고 생각했다. 어떠한 방식으로 생계를 이어가든 거기엔 각자의 재능이 있는 것이다. 그는 자기 일생을 통하여 어떤 식으로든 자기의 정력을 팔아먹어 왔던 것이다. 애정에 너무 깊이 빠지지 않았을 때 금전에 대해 더 큰 가치를 부여할 수 있다. 그는 그 사실을 발견해 냈지만, 그러나 지금 역시 그것을 쓸 수는 없다. 쓸 만한 가치가 충분히 있다 해도 쓰려고 하지 않았다.

여자의 모습이 보였다. 공지(空地)를 가로질러 캠프 쪽으로 걸어오고 있었다. 승마용 바지를 입고 라이플 총을 들고 있었다. 두 소년이 숫양 한 마리를 거꾸로 어깨에 메고 여자의 뒤를 따라오고 있었다. 아직은 예쁜 여자군, 하고 사나이는 생각했다. 게다가 아름다운 육체를 지니고 있지. 잠자리에서도 훌륭한 기술과 감상력을 지니고 있지. 미인은 아니었으나 그는 그녀의 얼굴을 좋아했다. 그녀는 상당한 독서가인데다 승마와 사냥을 좋아했고, 지나치게 술을 마셨다. 이 여자의 남편은 아직 그녀가 젊었을 때 세상을 떠났다. 얼마 동안은 겨우 갓 성장한 두 아이들에게만 몰두했다. 그러나 애들은 어머니를 필요로 하지 않았고 그녀가 옆에 있는 것을 귀찮게 여겼다. 결국 그래서 그녀는 승마와 독서와 술에 빠진 듯했다. 저녁 식사 전 오후에는 책읽기를 즐겨했고, 읽으면서 스카치 소다를 마셨다. 식사 때까지는 상당히 취하게 되었고, 식사 때 포도주 한 병을 더 마시고 나면 만취하여 잠들고 마는 것이 보통이었다.

그러나 그것은 애인이 생기기 전의 일이었고, 애인이 생긴 후로는 그다지 과음하지 않았다. 취해서 잠들 필요가 없었기 때문이었다. 그러나 애인들은 이 여자를 싫증나게 했다. 그녀가 전에 결혼했던 남자는 그녀를 좀처럼 싫증나게 한 적이 없었으나, 이 사람들은 정말 그녀를 싫증나게 했다.

그때, 두 자식 중의 하나가 비행기 추락으로 죽었다. 이 일이 있은 후로는 애인을 가지고 싶어하지 않았다. 술도 마취제는 되지 않았기에 그녀는 다른 생활을 이루지 않으면 안 되었다. 갑자기 자기가 고독하다는 것을 느끼고 몹시 놀랐다. 그러나 그녀는 존경할 수 있는 남자를 필요로 하고 있었다.

 일은 지극히 단순하게 시작되었다. 그녀는 그의 작품을 좋아했고, 그가 영위하는 생활을 늘 부러워했다. 그녀는 자신이 희망하는 일을 그가 하고 있다고 생각했다. 그녀가 그를 손에 넣고 마침내 그와 사랑을 빠지게 된 경위는 그녀 자신을 위한 새로운 생활을 이룩하는 것을 의미했고, 그에게는 자기의 낡은 생활의 잔재를 팔아 버렸다는 순조로운 진전(進展)의 일부분에 지나지 않았다.

 그는 생활의 안정과 안위(安慰)를 얻기 위해서 그것을 팔았던 것이다. 그것은 부인할 수 없는 일이었다. 그 밖에 무엇 때문이었을까? 자신도 알 수 없는 일이었다. 그녀는 그가 원하는 것이라면 무엇이든지 사 주었을 것이다. 그도 그것을 알고 있었다. 거기에다 그녀는 대단히 멋진 여자였다. 그는 다른 어느 누구보다도 그 여자하고 잠자리를 함께 하고 싶었다. 왜냐하면 그녀는 누구보다도 돈이 많고 유쾌하며 감상력이 풍부했을 뿐만 아니라 바가지를 긁는 일이 없었기 때문이다. 그런데 이 여자가 재건한 생활은 종말이 가까와 오고 있었다. 그것은 옥도정기를 사용하지 않은 데서부터 비롯한 것이었다. 두 주일 전의 일이다. 한 떼의 영양이 대가리를 치켜들고 콧구멍으로 공기를 들이마시면서, 귀를 쭉 뻗치고 무슨 소리만 나면 숲 속으로 도망쳐 들어갈 태세로 서 있는 모양을 사진 찍으려고 앞으로 움직여 나가다가 가시에 무릎을 긁혔던 것이다. 물론 사진을 찍기도 전에 영양들은 도망을 쳤다.

여자는 이제 돌아왔다. 그는 침대 위에서 머리를 돌려 여자 쪽을 보았다.

"여보!"

그는 말했다.

"숫양 한 마리를 쏘았어요."

여자는 그에게 말했다.

"당신에게 좋은 수프 거리가 될 거예요. 크림과 감자를 다지겠어요. 그런데 기분은 좀 어떠세요?"

"퍽 좋아."

"아이 좋아라. 내 생각에도 좋아질 것 같았어요. 제가 사냥 나갈 때 당신은 주무시고 있었죠."

"한잠 잘 잤어. 멀리 갔댔소?"

"아니에요. 저 언덕 너머로 돌아갔을 뿐이에요. 양을 한 방에 멋지게 쏘았어요."

"당신의 사격 솜씨는 정말 굉장하군."

"전 사냥을 좋아해요. 아프리카도 좋아해요. 정말 당신 몸만 성하다면 세상에서 제일 재미있을 것을. 당신과 함께 사냥가면 얼마나 재미날지 당신은 모르실 거예요. 전 이 지방이 좋아졌어요."

"나두 좋아."

"여보, 당신 기분이 좋아진 걸 보니 얼마나 즐거운지 모르겠어요. 아까 같은 그런 기분으로 계신다면 정말 견딜 수가 없어요. 다신 그런 말씀 안 하시죠? 약속해 주시겠어요?"

"안 돼."

그는 말했다.

"내가 무슨 말을 했는지 기억에 없어."

"제 신세를 깨뜨리지 마세요, 네? 저도 이젠 중년 여자일 뿐이에요. 그런데도 당신을 사랑하고 또 당신이 원하시는 것을 해 드리고 싶어요. 저는 벌써 두세 번이나 짓밟혔어요. 다시는 제 신세를 깨뜨리려고는 하지 마세요, 네?"

"당신을 자리에서 두서너 번 늘씬하도록 더해 주고 싶은데."

그는 말했다.

"그러세요, 그렇게 해 내는 건 좋아요. 우린 그렇게 하도록 돼 있는 걸요. 내일은 비행기가 올 거예요."

"어떻게 알아?"

"꼭 와요. 오기로 돼 있는 걸요. 아이들은 벌써 나무를 베고 연기 올릴 풀을 준비해 놨어요. 오늘도 내려다 보고 왔는 걸요. 착륙할 대지도 충분하고 양쪽 끝에는 연기를 올릴 준비도 되어있어요."

"어떻게 내일 온다고 생각하는 거요?"

"꼭 올 거예요. 이미 예정일이 지났는 걸요. 그러면 마을에 가서 당신의 다리를 치료하고, 그리곤 둘이서 근사하게 하기로 해요. 당신이 말씀하신 그런 무서운 말은 말고요."

"같이 술이나 한 잔 하지? 해도 저물었으니."

"한 잔 꼭 하셔야겠어요?"

"이미 한 잔 했는 걸."

"그럼 한 잔씩 같이 해요. 몰로! 위스키 소다를 두 병 가져온."

그녀는 외쳤다.

"모기 물지 않는 장화를 신는 게 좋을 걸."

사나이는 그녀에게 말했다.

"목욕하고 신겠어요……"

어둠이 점점 짙어가는 동안 그들은 술을 마셨다. 아주 캄캄해지기 직전이었으나 이미 사격할 수 없을만큼 어두워졌다. 한 마리의 하이에나가 언덕을 돌아나와 들판을 건너갔다.

"저놈은 매일 밤 저기를 건너가거든."

사나이는 말했다.

"두 주일 동안 매일 밤."

"밤에 소리를 지르는 게 저놈이군요. 전 상관하지 않아요. 하지만 징그러운 짐승이군요."

함께 술을 마시면서 같은 자리에 누워있는 것이 불쾌할 뿐, 사나이는 지금 아무런 고통도 느끼지 않는다. 소년들이 불을 피우자 그림자가 텐트 위에서 춤추었다. 이 유쾌한 굴종의 생활을 묵인하고 싶은 기분이 다시 되살아오는 것을 느꼈다. 이 여자는 정말로 친절하게 대해 준다. 그런데 오후에 자기는 잔인하고도 불공평했다. 그녀는 훌륭한 여자다. 정말로 훌륭하다. 바로 그 때, 자기가 죽어가고 있다는 생각이 불현듯 그의 머리 속에 떠올랐다.

그 생각은 돌연히 떠올랐다. 물 흐름이나 바람 같은 그런 돌연적인 것이 아니고, 난데없이 고약한 냄새를 지닌 공허(空虛)의 내습이었다. 그런데 기묘하게도 하이에나가 공지의 가장자리를 따라 미끄러지듯 가볍게 스쳐갔던 것이다.

"왜 그러세요, 해리?"

여자는 물었다.

"아무것도 아니야."

그는 말했다.

"당신은 이쪽으로 오는 것이 좋겠어. 바람머리 쪽으

로 말이오."

"몰로가 붕대를 갈아 줍디까?"

"응, 지금은 붕산(硼酸)을 쓰고 있을 뿐이야."

"기분은 좀 어떠세요?"

"조금 어지러워."

"전 목욕을 하고 오겠어요."

그녀는 말했다.

"곧 올께요. 같이 식사하고 나서 침상을 안으로 들여 놓읍시다."

이래서 사나이는 혼잣말로 중얼거렸다. 싸움을 그만 둔 건 참 잘했어. 이 여자와는 그다지 싸움을 하지 않았다. 그가 사랑한 다른 여자들과는 싸움이 잦았고, 그 결과 싸움의 부식(腐蝕) 작용으로 그들이 공유하고 있던 것까지 죽여 버리는 것이 예사였다. 그는 너무 많은 것을 필요로 했고 그리하여 그 모든 것을 닳아 해지게 만들었다.

그는 파리를 떠나오기 전, 싸움을 한 끝에 콘스탄티노 뜰로 혼자 갔던 때의 생각이 났다. 그 동안 줄곧 오입을 계속했고, 그것에도 지쳐 버리자 마음의 고독은 억제되기는커녕 더 심해졌다. 그는 첫 번째 여자, 자기를 버리고 달아난 그 여자에게 쓸쓸함을 도저히 참을 수 없다는 내용의 편지를 써 보냈다. 언젠가 한 번은 레쟌스 교외에서 당신을 본 것같이 생각했을 땐 아찔해서 기절할 것만 같았고, 속이 타는 것 같았다. 어딘지 당신과 비슷한 여자를 불바알가에서 만나 뒤를 따라 보려고도 했으나 혹시 당신이 아니면 어쩌나 하는 생각이 들어서, 처음의 기분을 잡칠까봐 두려웠다. 어떠한 여자와 있어도 그것은 더욱 당신을 그리웁게 할 뿐이다. 그리고 당신을 사랑하는 심정이 도저히 가시지 않음을 알게 되었으니 당신의 지난날의 처사는 조금도 문제가 되지 않는다는 등, 그런 내용의 글이었다.

사나이는 이 편지를 구락부에서 썼는데 그땐 냉정하고 진실한 태도로 써서, 뉴욕으로 부치고 답장은 파리의 자기 사무소로 보내 달라고 부탁했다. 그러는 편이 안전할 것 같았다. 그날 밤은 그 여자를 그리는 마음이 간절하여 속이 타는 듯 느껴지자, 택심의 술집 앞을 배회하다 여자 하나를 붙잡아 저녁 식사로 끌어냈다. 식사를 마치고 춤을 추러 갔는데 여자의 춤이 서툴러서 기분이 나지 않았으므로 정열적인 알메니아 매춘부와 상대를 바꾸었다. 그녀가 어찌나 배때기를 그에게 비벼대는지 불이 날 지경이었는데, 그녀는 영국 포병하사관과 싸움 끝에 빼앗은 여자였다. 하사관은 그에게 밖으로 나가자고 했으므로 두 사람은 컴컴한 자갈길 위에서 격투를 했다. 그가 포병의 턱 옆을 두 번이나 되게 갈겼는데도 그놈은 나가 떨어지지 않았다. 그래서 본격적으로 싸움이 붙었다. 상대는 그의 가슴패기를 갈기고 이어 눈언저리를 때렸다. 그는 다시 왼손을 스윙하여 포병을 한 대 갈겼다. 그러자 포병은 그의 위에 엎드러지며 그의 저고리를 움켜쥐고 소매를 잡아찢었다. 그는 포병의 뒤통수를 두 번 갈기고 이어 그를 떠다밀면서 후려갈겼다. 포병은 대가리를 부딪치며 떨어졌다. 그때 헌병이 달려오는 소리가 들렸으므로 그는 여자를 데리고 뺑소니를 쳤다. 택시를 잡아타고 보스포러스 해협을 따라 리미리 횟사를 향하여 달렸다. 그리고 그 곳을 한 바퀴 돌고서 시원한 밤공기를 마시며 되돌아와 잠자리에 들었다. 그 여자는 외양과도 같이 너무 무르익은 감은 있었지만 부드럽고 장미꽃잎 같고 꿀같은 뱃가죽에 젖통이 크고, 엉덩이에 베개를 고일 필요가 없었다. 아침 첫 햇살에 여자의 정말 망측한 꼴을 보고 여자가 눈을 뜨기 전에 그곳을 나와 버렸다. 눈자위에 검은 멍이 든 채 페라패리스로 갔다. 웃저고리는 한쪽 소매가 없어졌기 때문에 손에 들고 있었다.

 같은 날 밤, 그는 아나토리아를 향하여 출발했다. 그 여행의 마지막 무렵 아편을 얻으려고 기르는 양귀비밭을 온종일 말을 타고 달렸던 일이 생각났다. 그러자 차츰 이상한 느낌이 들면서 마침내 거리에 착각을 일으키고 말았다. 이곳은 적이 새로 도착한 콘스탄틴의 장교들과 합세하여 공격을 해 왔던 장소였다. 그 장교들은 전투의 치열함을 모르는 신병들이었다. 포병대는 그 부대에 포격을 가하고 있고, 영국의 관전무관(觀戰武官)은 어린애 모양으로 큰 소리를 지르고 있었다.

발레용 스커트 같은 것을 입고 술이 달린 장화를 신은 전사자를 그날 처음으로 보았다. 터키 군대가 쉴새없이 떼를 지어왔다. 스커트 입은 병정이 도망하자 장교들은 그들을 향하여 권총을 쏘아댔다. 뒤따라, 장교들 자신도 도망치는 것이 보였다. 그도 관전무관과 함께 도망쳤다. 숨이 차고 입 속에선 구리돈을 씹은 것 같은 냄새로 가득 찰 지경이었다. 그들은 바위 뒤에 숨었다. 터키 병은 여전히 무리를 이루어 쳐들어 오는 것이었다. 그는 그후에 상상할 수도 없는 끔찍한 광경들을 보았고, 좀더 후에는 한층 더 끔찍한 것을 보고 말았다. 당시 파리에 돌아왔을 때 그런 이야기는 누구에게도 하지 않았고 말하기에도 끔찍한 일이었다. 그가 지나가던 카페에는 미국인 시인(詩人)이 있었다. 커피잔을 앞에 쌓아 놓고, 감자 모양의 얼굴에 멍청한 표정을 짓고, 어떤 루마니아 사람과 다다이즘 운동에 관한 이야기를 하고 있었다. 그 루마니아 인의 이름은 트리스탄 자라 라고 하며 언제나 외알 안경을 쓰고 두통을 앓고 있었다.

그는 아내의 아파트로 돌아갔다. 그는 아내를 다시 사랑하기 시작했다. 싸움도 깨끗이 씻어 버리고, 미친 듯한 지랄과도 같은 행위도 씻어 버리고, 이제는 안락한 가정에 있기를 좋아했다. 그리고 우편물도 사무소에서 아파트로 회송하도록 하였다. 그런데 어느 날 아침 그가 편지를 보낸 그 여자한테서 온 회답이 쟁반에 실려 왔다. 그는 필적을 보자 가슴이 서늘해져서 급히 그 편지를 다른 편지 밑으로 집어 넣으려 했다. 그러나 아내는 말했다.

"여보, 그거 누구한테서 온 편지에요?"

이리하여 새로운 생활의 시작은 끝을 맺고 말았던 것이다.

그는 여자들과 함께 지냈던 때의 즐거움과 싸움을 했던 일도 회상해 보았다. 그들은 언제나 싸움하기에 알맞은 장소를 택하곤 했다. 그런데 기분이 가장 좋을 때 언제나 싸움이 벌어진 것은 무슨 까닭이었을까? 그런 것에 관해서도 단 한 번도 쓴 일이 없었다. 그것은 첫째로 누구든 남을 중상하기 싫어서였고, 다음으로는 그것 아니라도 얼마든지 쓸 것이 있을 성싶어서였다. 그러나 언젠가는 쓸 때가 오리라, 하고 늘 생각해왔다. 쓸 것은 참 많았다. 나는 이 세상의 변화를 보아 왔다. 그것은 표면의 사건뿐이 아니다. 사건도 많이 보아 왔으며 사람도 관찰하여 왔으나 그것보다는 미묘한 사회의 변화를 보아 왔던 것이다. 시대의 변화에 따라 사람이 어떻게 변하는가를 회상할 수 있었다. 그 속에서 살아왔고 그것을 관찰해 왔으므로 그것을 쓰는 것은 나의 의무다. 그러나 이제는 쓰지 못하리라.

"기분은 좀 어떠세요?"
여자는 물었다. 목욕을 마치고 텐트에서 나오는 참이었다.
"좋은데."
"그럼, 식사를 드실까요?"
그녀 뒤에 몰로가 접는 식탁을, 다른 소년이 접시를 들고 있는 것이 보였다.
"나는 글을 쓰고 싶군."
그는 말했다.
"수프라도 좀 자시고 기운을 차리셔야 해요."
"난 오늘 밤 죽을 거야."
그는 말했다.
"기운을 차린댔자 소용없어."
"해리! 제발 그런 신파(新派) 같은 말씀은 그만두세요."
그녀는 말했다.
"당신의 코는 두었다 무엇에 쓸 작정이야. 내 넓적다리는 이제 반이나 썩어버렸는데. 이제사 수프 따윈 뭣 땜에 먹어야 한단 말이야? 몰로! 위스키 소다를 가져온."
"제발 수프를 잡수세요."
그녀는 상냥하게 말했다.

"그래, 먹지."

수프는 너무 뜨거웠다. 먹기 좋을만큼 식을 때까지 컵을 손에 들고 있지 않으면 안 되었다. 잠시 후 그는 군소리 없이 그것을 다 마셔 버렸다.

"당신은 훌륭한 여자야."

그는 말했다.

"나를 상관하지 마."

그녀는 평판있고 호감을 주는 그런 얼굴로 그를 쳐다보았다. 그것은 스파 지(誌)나 타운 앤드 컨트리 지 같은 데에 흔히 나오던 얼굴이었다. 다만 술과 잠자리 일 때문에 약간 얼굴이 수척해졌을 뿐이었다. 그러나 타운 앤드 컨트리 같은 데서도 그처럼 탐스러운 젖가슴이며 쓸모 있는 넓적다리이며 애무에 민감한 가벼운 손이랑은 실려있지 않았다. 그녀를 바라보면서 그녀의 평판좋은 아름다운 미소를 보자, 그는 다시금 죽음이 다가옴을 느끼는 것이었다. 이번에는 돌연히 닥쳐오는 것이 아니었다. 촛불을 사르르 흔들어 불꽃을 높이 불어 일으키는 바람 모양으로 훅 불어오는 것이었다.

"나중에 애들더러 모기장을 가져오라 해서 나뭇가지에 매달도록 해 줘. 그리고 불을 피워 줘요. 난 오늘 밤 텐트에 들어가지 않겠어. 움직인댔자 별 수 없어. 오늘 밤은 맑고, 비가 올 리도 없을 거야."

이와 같이 귀에 들리지 않는 속삭임 속에서 사람은

죽어가는 것이다. 그렇다. 이젠 싸움질도 없을 것이다. 그것만은 약속할 수 있다. 이제까지 경험하지 못한 한 가지 경험만은 깨뜨리지 못할 거야. 그러나 이것마저 깨뜨려 버릴지도 모른다. 너는 모든 것을 다 깨뜨려 왔다. 하지만 아마 그렇지는 못하리라.

"당신 받아쓰기는 못하겠지?"
"해 본 적 없어요."
그녀는 대답했다.
"그럼 좋아."

물론 이젠 시간이 없다. 초점을 맞추어 잘 추린다면 모든 것을 한 문장에 압축할 수 있을 것 같은 생각도 들었지만.

호수 위 언덕에 몰탈로 틈바구니를 희게 칠한 통나무 두 오두막집 한 채가 있었다. 문 옆에는 장대가 서 있고 식사 시간을 알리는 종이 매달려 있었다. 집 뒤에는 들판이 있고 그 들판 뒤에는 숲이었다. 롬바디 종(種) 포플러 나무가 집에서부터 선창에 이르기까지 한 줄로 죽 늘어서 있었다. 다른 포플러들은 곶(岬)을 따라 죽 늘어서 있었다. 한 줄기 길이 숲가를 따라 언덕으로 뻗어있었고, 그는 이 길을 따라가며 검은 딸기를 따곤 하였다. 후에 그 통나무 오두막집은 타 버렸고, 벽난로 위 사슴발로 만든 총걸이에 걸려있던 총도 타 버리고 말았다. 나중에 보니 탄창의 탄환은 녹아 버렸고, 개머리판도 타서 총신이 잿더미 위에 굴러 다니고 있었다. 그 재는 세탁용의 큰 쇠로 만든 솥에서 필요한 잿물을 만드는 데 사용되었다. 타다 남은 총신을 가지고 놀아도 괜찮으냐고 할아버지에게 물으면 안된다고 말했다. 타 버리기는 했어도 역시 자기 총이라는 뜻이리라. 그 후 다시는 총을 사지 않았다. 뿐만 아니라 더 이상 사냥도 나가지 않았다. 이번에는 널판으로 같은 장소에 집을 다시 짓고 하얗게 칠을 했다. 현관에서는 포플러와 건너편의 호수가 보였다. 그러나 이제는 총은 없었다. 통나무 오두막집 벽 사슴발 총걸이에 걸려 있던 총신은 지금 잿더미 위에 딩굴고 있지만 누구 하나 손대는 사람이 없었다.

전쟁 후 우리들은 블랙포리스트에서 송어 낚시터를 빌린 일이 있었는데, 그곳에 가는 데는 두 갈랫길이 있었다. 그 하나는 트리베르그로부터 골짜기로 내려가는 길이다. 하얀 길옆에 자라고 있는 나무 그늘 골짝길을 돌아 언덕으로 뻗은 샛길로 올라가서, 슈바르츠바르트풍(風)의 큰 집들이 있는 조그만 농장을 몇 개 지나면 마침내는 낚시터를 만나게 된다. 그곳이 바로 낚시질을 시작하던 곳이었다.

또 하나의 길은 숲 변두리까지 험한 언덕길을 올라가, 소나무숲을 뚫고 언덕 꼭대기를 넘어서 초원 언저리로 나와 다시 이 초원을 가로질러 다리 쪽으로 내려가는 길이었다. 강변을 따라 벚나무가 자라고 있고, 폭이 좁고 크지는 않으나 물은 맑고 물살이 빨랐다. 벚나무 뿌리 밑이 물결에 패인 곳은 못을 이루고 있었다. 트리베르그의 호텔 주인에게는 경기가 좋은 계절이었다. 우리들은 매우 기분이 좋았고, 모두 사이좋게 지냈었다. 그러나 그 이듬해 인플레가 닥쳐왔고, 지난 해 번 돈으로는 호텔을 여는 데 필요한 물자를 사들일 수가 없어서, 주인은 목매달아 죽고 말았다.

 여기까지는 받아쓰게 할 수 있겠지만, 콘트르 카르프 광장(廣場)에 대한 일은 받아쓰게 할 수 없을 것이다. 그곳에선 꽃장수들이 길가에서 꽃에 물감을 들이고 있었다. 버스가 출발하는 부근의 포도 위에는 그 물감물이 흐르고 있었다. 노인과 여자들은 포도주와 포도즙을 짜고 난 찌꺼기로 만든 값싼 술을 마시고 언제나 얼큰히 취해 있었고, 아이들은 추위에 콧물을 질질 흘리고 있었다. 카페 데 사마터오르에서는 더러운 땀 냄새와 빈곤과 주정뱅이의 냄새가 풍기고 있었고, 그들이 살고 있던 발 뮤제트 아래층에는 매춘부들이 살고 있었다. 문지기 여자는 프랑스 기생을 자기 방에서 접대하고 있었고, 말털을 꽂은 그의 헬멧이 의자 위에 놓여 있었다. 복도의 맞은편 방에 세들은 여자의 남편은 자전거경주 선수였다. 그 날 아침 우유 매점에서 로토 지(紙)를 펴들고, 남편이 처음 출전한 파리 — 투르 간의 대경주에서 삼등을 한 기사를 보았을 때의 그 여자의 기쁨. 여자는 얼굴을 붉히고 낄낄 웃어대며 노란 갈색의 스포츠 신문을 들고 뭐라고 떠들어대면서 2층으로 올라가는 것이었다. 발 뮤제트를 경영하고 있는 여자의 남편은 택시 운전수였다. 그가, 즉 해리가 일찍이 첫 비행기로 떠나야 했던 날 아침, 운전수는 문을 흔들어 그를 깨운 적이 있었다. 그들은 출발하기 전 양철을 깐 주점의 카운터에서 흰 포도주를 한 잔씩 나누었다. 그때의 그는 부근 사람들과 잘 사귀고 있었는데, 그것은 그들이 다 가난했기 때문이었다.

그 광장 주위에는 두 종류의 인간이 있었다. 주정뱅이와 스포츠 애호가였다. 주정뱅이는 술에 취하여 자기의 가난을 잊었고, 스포츠 애호가는 운동에 정신이 팔려 자기의 가난을 잊었다. 그들은 코뮌 당원(1871년 3월에서 5월까지 파리를 지배한 혁명적 노동자 정부)의 자손들이지만, 정치적 문제로 옥신각신하는 일은 없었다. 그들은 자기들의 부모형제와 친척과 친구를 누가 사살했는가를 잘 알고 있었다. 그 때는 베르사이유 군대가 쳐들어 와서 코뮌 정부의 뒤를 이어 파리를 점령한 후에 손이 거친 사람, 모자를 쓴 사람, 그 밖에 노동자라는 표지가 있는 사람이면 닥치는 대로 잡아서 처형해 버렸던 것이다. 그리고 말고깃간과 포도주 협동조합

앞길 건너편 숙소에서 궁핍에 싸인 채 쓰려고 한 작품의 첫 부분을 썼던 것이다. 파리에서는 이만큼 마음에 드는 곳도 없었다. 가지가 쭉 뻗은 나무, 아래는 갈색으로 칠한 하얀 회칠의 낡은 집들, 둥그런 광장에 서 있는 초록빛의 긴 합승차, 포도 위에 흐르는 자주빛의 꽃 물감, 카르디날, 루모 앙느 가(街) 언덕에서 세느 강으로 내려가는 심한 비탈길 무후타르 가(街)의 비좁고 혼잡한 곳을 통하는 또 하나의 길, 하나는 판테옹 쪽으로 올라가는 거리며, 또 하나는 그가 늘 자전거로 다니던 거리다. 그 구역에서는 단 하나밖에 없는 아스팔트 길이었고, 자전거 타이어도 매끄럽게 굴러갔다. 높고 좁은 집들이 늘어섰고, 폴 베를레느가 마지막 숨을 거두었다던 높다란 값싼 호텔도 있었다. 그들이 살고 있던 아파트에는 방이 둘밖에 없었고, 베를레느는 맨 위층의 하나를 월 60프랑에 빌려가지고 그곳에서 글을 썼다고 한다. 거기서는 파리의 지붕과 굴뚝과 언덕들이 전부 보였는데, 아파트에서는 장작과 연탄 가게가 보일 뿐이었다. 거기서는 포도주도 팔고 있다. 좀 질이 나쁜 술이었다. 말고깃간 바깥에는 황금색의 말대가리가 걸려있고, 열려진 창문에는 누런 빛을 띤 붉은 말고삐가 걸려 있다. 그들이 늘 포도주를 샀던 녹색 뼁끼칠을 한 협동조합도 보였다. 술은 좋았고 값도 헐했다. 그 나머지는 벽토를 칠한 벽과 이웃집 창들뿐이다.

밤에는 누군가 술에 취해서 거리에 자빠져, 사실 그런 것은 존재하지 않는다고 들어온 그 전형적 프랑스 식의 주정조로 신음하고 끙끙대면, 이웃 사람들은 창문을 열고 뭐라고 지껄이는 것이었다.

"순경은 어디 있담? 필요없을 땐 곧잘 나타나면서. 자식두! 어느 문지기년하구 자빠져 자고 있을 거야. 순경을 불러 와."

그때 누군가 창을 열고 물 한 바께쓰를 퍼부으면, 그 신음소리는 그치고 만다.

"이건 뭐야? 물이로군. 이건 약은 순데."

그러면 창문은 닫힌다. 그가 데리고 있던 식모 마리는 8시간 노동제에 대해 항의했다.

"남편이 여섯시까지 일을 하게 되면 집으로 돌아오는 길에 간단히 한 잔 정도를 할 테니 돈도 과히 낭비하지 않을 거예요. 그렇지만 다섯 시까지는 일이 끝난다면 매일 밤 취하게 되니 돈이 남을 리 없어요. 노동 시간의 단축으로 골탕을 먹는 사람은 노동자의 여편네들뿐이라니까요."

"수프 좀더 드시지 않겠어요?"
그때 여자가 물었다.
"아니, 참 맛이 좋았어."
"조금 더 드세요."

"난 위스키 소다를 먹겠어."
"그건 당신 몸에 좋지 않아요."
"물론 내게 좋진 않아. 크올 포터(미국 유행음악 작곡가)가 그런 가사를 써서 작곡까지 했지. 당신이 나에게 미친듯이 신경을 쓰는 것을 잘 알고 있는 모양이야."
"아다시피, 저도 당신에게 술을 드리고 싶어요."
"아, 그럴 거요. 내 몸에 나쁘니까 그렇단 말이지."

이 여자가 가 버리면 하고 그는 생각했다. 내가 좋아하는 것을 모조리 손에 넣으리라, 내가 필요한 것 전부가 아니라 할지라도 적어도 여기 있는 것만은. 아아, 피곤하다. 너무 피곤해 좀 자야겠다. 그는 가만히 누웠다. 죽음은 거기에 없었다. 다른 거리로 돌아서 가 버린 게지. 죽음은 나란히 자전거를 타고 포도 위를 소리 없이 달리고 있었다.

그렇다. 나는 아직 파리에 대해선 한 번도 써 본 일이 없다. 늘 마음에 간직하고 있는 파리에 대해서는 전혀 쓰지 않았다. 그러면 아직 써 본 일이 없는 다른 일에 대해서는 무엇을 썼던가.

그 목장은, 은회색의 들쑥이며 관개용 도랑의 빠르고 맑은 물결이며 짙은 초록색 자주빛의 개나리 등은 어떠하였던가? 오솔길은 언덕을 넘고 또 넘어간다. 여름의 소들은 사슴처럼 수줍어한다. 가을이 되어 소들을 산에서 끌어내릴 때의 울음소리, 아우성소리. 먼지를 울리며 조용히 움직이는 한 떼의 놀, 그리고 서산 너머 저녁 햇빛에 뚜렷이 그 윤곽을 드러내고 있는 봉우리. 달빛이 비치는 오솔길을 말을 타고 내려올 때 건너 편 골짜기까지 훤히 빛나던 일. 어둠 속에서 앞이 보이지 않아 말의 꼬리를 잡고 숲 사이를 내려오던 일이 생각난다. 그 밖에 써 볼 생각이 있던 모든 이야기들.

그 때 아무도 건초(乾草)를 가져가지 못하게 목장에 남아서 지키고 있던 반편 같은 일꾼 소년. 그리고 사료를 조금 얻어가려고 들어선 코크 가(家)의 그 심술궂은 늙은이—이 늙은이는 소년을 자기가 부리고 있을 때는 잘 때리곤 하였는데, 이때 소년이 안 된다고 거절하자 늙은이는 또 때리겠다고 위협했었다. 소년은 부엌에서 라이플 총을 들고 나와 늙은이가 헛간에 들어가려고 할 때 쏘았다. 사람들이 목장으로 돌아왔을 땐, 늙은이는 죽은 지 이미 1 주일이 되어 버렸다. 시체는 가축 우리 속에서 꽁꽁 얼어붙어 있었고, 그 일부는 개들이 뜯어먹고 있었다. 그러나 시체의 남은 부분을 모포에 싸서 썰매 위에 싣고 밧줄로 동여맨 다음, 소년이 거들어서 그것을 끌고 갔던 것이다. 이리하여 소년과 그는 스키를 타고 고개를 넘어서 도로 위로 끌고 나와, 60마일이나 되는 마을로 내려가 그 소년은 경찰에 인도되었다. 소년은 자기가 체포되리라곤 생각지도 않았다. 자기는 의무를 다한 것이며, 둘은 친한 친구라고 굳게 믿고 있었으니, 체포는커녕 무슨 보상이라도 받을 줄 알았던 것이다. 늙은이의 시체를 운반하는 시중을 든 것도, 노인이 얼마나 악했는가 하는 것도, 어떻게 자기 것도 아닌 사료를 훔치려고 했는가도 다들 알고 있다고 생각했던 것이다. 그러므로 경찰관이 쇠고랑을 채웠을 때 소년은 그것이 정말인지 믿을 수가 없었다. 소년은 울기 시작했다. 이것은 그가 써 보려고 했던 이야기의 하나였다. 그 고장이라면 이런 소재는 적어도 스무가지쯤이라도 있다는 것을 알고 있었다. 그러나 그는 한 번도 쓰지 않았다. 무슨 까닭일까?

"무슨 까닭인지 좀 말해 주오."

사나이는 말했다.

"뭐가 무슨 까닭이에요?"

"아무것도 아냐."

이 사나이를 손에 넣은 후부터 여자는 술을 많이 마시지는 않게 되었다. 그러나 사나이가 요행으로 다시 살아난다 하더라도 이 여자에 대해선 쓰지 않으리라— 그는 지금 이것을 잘 알고 있다. 다른 여자에 관해서도 쓰지 않으리라. 도대체 돈이 많은 놈들은 우둔하고 과음하든지 혹은 주사위 놀음만 지나치게 하는 지루한 놈들로 같은 일을 되풀이할 뿐이다. 그는 가난한 쥬리안이 생각났다. 쥬리안은 부자놈들에 대해서 로맨틱한 경외감을 품어, 어느 때인가— 돈 많은 사람들은 당신이나 나와는 다른 족속이다—라는 첫 구절로 시작되는 소설을 쓰려고 한 적도 있었다. 그 때 어떤 사람이 쥬리안에게

"그래 그들은 우리보다 돈이 많지."

하고 맞장구쳤던 것이다. 그러나 쥬리안에게는 그 말이 유머로는 들리지 않았다. 그는 부자라는 것을 특수한 매력을 지닌 족속이라고 생각하고 있었다. 그런데 사실은 그렇지 않다는 것을 알았을 때 그것은 다른 무엇보다도 그의 기분을 잡쳤던 것이다.

환멸을 느끼게 하는 인간을 그는 경멸했다. 그 무엇을 이해했다고 해서 좋아할 필요는 없는 것이다. 그는 무슨 일이든지 이겨낼 수 있다고 생각했다. 왜냐하면 무슨 일이든지 개의치 않는다면 그것이 자기를 괴롭힐 수는 없기 때문이라고 생각했던 것이다.

옳다! 이젠 죽음에 대해서도 염려하지 말자. 언제나 무서워했던 것은 단지 하나, 고통뿐이었다. 고통이 너무 오래 계속되어 그를 지쳐 버리게 하기 전까지는 그도 남 못지 않게 고통을 이겨낼 수 있으리라. 그러나 지금 여기엔 무섭게도 고통을 주는 무엇인가가 있었다. 그러나 그것이 자기를 파괴하리라고 느낀 순간 고통은 멎어 버렸다.

오래 전 투척(投擲) 장교인 윌리암슨이 철조망을 뚫고 참호로 들어가다가 독일군 순찰병이 던진 수류탄에

맞았을 때의 일이 생각났다. 그는 비명을 지르면서 누구든지 자기를 죽여 달라고 애원했다. 약간 공상적인 풍을 치는 버릇이 있었지만, 뚱뚱한 몸에 대단히 용감했고 훌륭한 장교였다. 그러나 그날 밤 철조망에 걸리자 적의 탐조등에 비쳐졌고, 오장이 튀어나와 철조망에 걸려있었던 것이다. 그래서 전우들이 목숨이 붙어있는 그를 끌어 잡아당길 때 오장을 자르지 않으면 안 되었다. 나를 쏴 주게, 해리. 제발 부탁이야. 나를 쏴 주게. 어느 때인가, '주님은 우리에게 견딜 수 없는 고통을 주시진 않으신다' 라는 문제로 다들 토론한 적이 있었다. 그것은 적당한 시기가 오면 고통은 자동적으로 사라진다는 뜻이다 라고 이론을 내세운 자도 있었다. 그러나 그는 언제나 그날 밤의 윌리암슨의 일이 잊혀지지 않았다. 그는 자기가 사용하려고 간직해 두었던 몰핀 정제를 전부 주었지만 윌리암슨은 고통에서 좀처럼 풀려나지 못했다. 몰핀은 즉시로 효력이 없었던 것이다.

현재 자기가 겪고 있는 이 정도의 고통은 아무것도 아니다. 이러한 상태가 계속되더라도 더 이상 악화하지 않으면 조금도 걱정할 것이 없다. 더 나은 상대와 있고 싶어하는 마음 이외에는.

같이 있었으면 하는 상대에 대하여 그는 잠시 생각해 보았다.

아니야. 온갖 일을 해 온데다 너무 오래 끌었고 게다가 때가 이미 늦은 지금, 아직도 상대가 있으리라고 기대하는 것은 무리지. 사람들은 다 가 버렸다. 파티는 끝나고 남아있는 사람은 너와 여주인뿐이다.

다른 모든 것이 귀찮은 것과 마찬가지로 죽음도 귀찮아지는구나 하고 그는 생각했다.

"귀찮은 일이야."

그는 소리를 내어 말했다.

"여보, 뭐가요?"

"뭣이건 너무 오래 하면 다 그렇단 말야."

그는 자기와 모닥불 사이에 있는 여자의 얼굴을 쳐다봤다. 여자는 의자에 기대앉아 있었다. 불빛이 여자의 쾌활한 얼굴 윤곽을 비추고 있었다. 여자는 졸리운 얼굴을 하고 있었다. 그는 모닥불 주위, 가까운 곳에서 하이에나가 우는 것을 들었다.

"나는 소설을 쓰고 있었어."

그는 말했다.

"그러나 피곤해졌어."

"주무실 수 있을 것 같아요?"

"그럼, 당신은 왜 안 자지?"

"당신과 함께 여기 앉아 자고 싶어요."

"좀 이상한 느낌은 안 들어?"

그는 여자에게 물었다.

"아뇨, 좀 졸릴 뿐이에요."
"나는 이상스런 감이 들어."
사나이는 말했다.
그는 죽음이 다시 접근해 옴을 느끼고 있었다.
"내가 지금까지 한 번도 잃지 않았던 것은 호기심뿐이야."
그는 여자에게 말했다.
"당신은 아무것도 잃은 게 없어요. 제가 아는 한에서는 가장 완전한 사람인 걸요."
"천만에."
그는 말했다.
"여자란 어쩌면 그렇게도 모를까. 그게 뭐란 말이야? 당신의 직관이요?"
바로 그때 죽음이 다가와 침대 다리에 머리를 기댔으므로 그는 죽음의 입김을 맡을 수 있었기 때문이다.
"죽음이 큰 낫과 두개골(頭蓋骨)(死神의 상징)을 가지고 있다고 믿어선 안 돼."
그는 여자에게 말했다.
"죽음이란 놈은 자전거를 타고 오는 두 사람의 순경도 될 수 있고, 또 새(鳥)도 될 수 있어. 하이에나와 같은 커다란 코를 가진 놈일 수도 있단 말야."
바야흐로 죽음은 그에게로 다가오고 있었다. 이제는 형상도 없다. 다만 공간을 차지하고 있을 뿐이다.

"저리 가라고 해요."

죽음은 물러가지도 않고 조금씩 더욱 다가왔다.

"네 지독한 입김을 피우는구나."

사나이는 죽음을 향하여 말했다.

"이 고약한 냄새를 피우는 녀석아."

죽음은 더욱 가까이 다가온다. 이젠 죽음에 대해 말도 할 수 없었다. 말을 못하는 것을 알자 죽음은 더욱 가까이 다가온다. 사나이는 지금 말은 못하고 죽음을 물리치려고 한다. 그러나 죽음은 그에게 덤벼들어, 그 무게로 그의 가슴을 누르고 있다. 죽음이 그 곳에 웅크리고 있어 그는 움직일 수도 없고 말할 수도 없다. 여자의 말소리가 들렸다.

"서방님은 잠이 드셨으니 침대를 가만히 들어다 텐트 안으로 모셔라."

죽음을 쫓아 달라고 여자에게 말하려 하였으나 말이 나오지 않았다. 죽음은 이제 점점 더 무겁게 압박을 가해 왔고, 숨을 쉴 수도 없었다. 그러나 침대를 쳐들고 있는 동안, 돌연 사태는 정상으로 돌아오고 중압은 가슴에서 사라졌다.

아침이었다. 날이 밝은 지 오래였다. 그는 비행기 소리를 들었다. 비행기는 처음엔 아주 조그맣게 보이더니 점점 널따란 원을 그린다. 소년들은 뛰어나가서 등유

(燈油)로 불을 지르고 그 위에 마른 풀을 쌓아 올렸다. 벌판 양쪽에서는 커다란 두 줄기의 연기가 올라갔고, 아침 산들바람에 연기는 캠프 쪽으로 불어왔다. 비행기는 이번에는 저공으로 두 번 원을 그리고 내려오더니, 수평을 유지하면서 사뿐이 내려앉았다. 그러자 그에게로 걸어오는 사람은 옛 친구인 컴프튼이었다. 느슨한 바지에 트위드 자켓을 입고 갈색 펠트 모를 쓰고 있었다.

"대장, 어떻게 된 일이오?"

컴프튼이 물었다.

"다리를 다쳤다네."

그는 대답했다.

"조반을 먹어야지?"

"고맙네. 난 차나 들겠네. 자네가 보다시피 프스 모스기(機)야. 그래서 부인은 같이 모실 수가 없네. 한 사람 좌석밖에 없으니. 트럭이 오는 중이야."

헤렌은 컴프튼을 옆으로 데리고 가서 뭐라고 얘기를 하고 있다. 컴프튼은 전보다 명랑한 표정으로 돌아왔다.

"우선 대장님을 태우고 가야지."

그는 말했다.

"그리고 부인을 모시러 다시 돌아오겠어. 그런데 연료를 보급하기 위해서 아루샤에 들러야 할지도 몰라. 하여튼 곧 출발하는 게 좋아."

"차는 어떻게 할 텐가?"

"차 같은 건 정말 생각이 없다네."

소년들은 침대를 메고 녹색 천막을 들고 바위를 돌아 내려가 평지로 옮겼다. 밝게 타고 있는 모닥불 옆을 지나갔다. 쌓여있던 건초는 죄 타버리고 모닥불은 바람에 한참 타오르고 있었다. 소형 비행기가 있는 곳에 이르렀다. 그를 비행기에 태우기란 어려웠지만 일단 들어가자, 그는 가죽 좌석에 몸을 기대고 다리는 컴프튼의 좌석 한쪽 옆으로 곧장 펼 수 있었다. 컴프튼은 발동을 걸고 올라탔다. 그는 헤렌과 소년에게 손을 흔들었다. 부릉부릉 하는 소리가 귀에 익은 엔진 소리로 변하자, 기체는 삥 돌았다. 컴프튼은 산돼지 구멍이나 없나 하고 두리번거렸다. 기체는 소리를 내며 흔들거리더니 두 개의 모닥불 사이의 평탄한 들판을 달리다 마지막으로 흐느적거리더니 공중으로 떠올랐다. 밑에 남은 사람들이 손을 흔드는 것이 보였다. 언덕 옆 캠프가 납작하게 보이고, 평원이 멀리 퍼져있는 것도 보였다. 나무가 울창한 숲이나 덤불도 납작하게 보였다. 그런가 하면 미끈한 사냥길에 매마른 물웅덩이까지 달린 지금까지 한 번도 보지 못했던 내(川)가 보였다. 얼룩말은 등만이 조그맣게 보일 뿐이고, 긴 손가락같이 벌판을 질주하는 각마(角馬)들도 그 커다란 머리가 마치 점(點)이 공중으로 기어올라가는 것처럼 보일 뿐이었다. 비행기의 그림자가 그들에게 접근하자 사방으로 흩어져 조그맣게 보이는 것이 달리고 있는 것 같지도 않았다. 지금 내려다보이는 평원도 이제는 뿌연 황색으로 보일 따름이었고 바로 눈 앞에는 친구 컴프튼의 트위드 자켓을 입은 잔등과 갈색 펠트 모가 보일 뿐이었다. 그 순간 그들은 첫 번 언덕 위를 지났고, 각마가 그 뒤를 따라 달렸다. 갑자기, 짙은 녹색의 숲이 솟아있는 산 위를 넘고 대나무가 무성한 비탈진 산 위를 날았다. 산봉우리와 골짜기로 굴곡이 진 울창한 산림을 지나가면, 언덕이 비스듬히 낮아지고 또 하나의 평원이 나타난다. 열기(熱氣) 때문에 대단히 덥고 평원은 보라빛을 띤 갈색으로 보였다. 비행기의 동요가 심하였으므로 컴프튼은 해리가 타고 있는 모양을 보려고 뒤돌아보았다. 그때 거무스름한 산맥이 눈 앞에 솟아있었다.

그러자 비행기는 아류샤로 향하여 날지 않고 왼쪽으로 방향을 돌렸다. 분명 연료는 넉넉한 모양이다. 아래를 내려다보니 체로 친 듯한 핑크색의 가는 구름이 땅 위 공중에서 떠돌고 있었다. 그것은 어디서 왔는지 모르는 첫 눈과도 같았다. 그러나, 곧 그것이 남방으로부터 날아온 메뚜기 떼라는 것을 알았다. 비행기는 상승하기 시작했고 동쪽을 향해 날고 있는 것 같았다. 갑자기 비행기 주위가 어두워지고 폭풍우 속으로 들어갔다. 비가 엄청나게 쏟아져서 마치 폭포 속을 뚫고 나는 것 같았다. 마침내 그곳을 빠져나왔다. 컴프튼은 뒤를 돌아보면서 싱긋 웃고는 손가락으로 가리켰다. 거기에는 전세계인 양 폭이 넓고 거대하고도 높은 킬리만자로의 네모진 꼭대기가 햇빛을 받아 믿을 수 없을만큼 희게 보이고 있었다. 순간 자기가 가고 있는 곳이 바로 저곳이라는 것을 깨달았다.

바로 그때, 하이에나가 밤에 울던 킹킹 소리를 그치고 이상하게 인간처럼, 거의 우는 듯한 소리를 내기 시작하였다. 여자는 그 울음소리를 듣고 불안에 몸부림쳤다. 여자는 눈을 뜨지 않았다. 꿈속에서 그녀는 롱 아일랜드의 자기 집에 가 있었다. 그것은 그 여자의 딸이 사교계에 처음 데뷔하는 전날 밤이었다. 어찌된 셈인지 그 여자의 아버지가 그곳에 나타나 난잡을 떨고 있었다. 그때 하이에나가 너무 큰 소리를 질렀기 때문에 여자는 눈을 번떡 떴다. 잠시 동안 자기가 어디에 있는지 알 수도 없었고 적이 불안해졌다. 그리하여 손전등을 들고 해리가 잠든 후에 들여놓은 또 하나의 침대를 비추어 보았다. 모기장 아래 그의 몸뚱이를 볼 수 있었으나 어찌된 셈인지 다리는 모기장 바깥으로 내밀어져, 침대에서 아래로 축 늘어져 있었다. 붕대가 죄다 풀려 있어, 여자는 차마 그것을 쳐다볼 수 없었다.

"몰로!"

여자는 불렀다.

"몰로! 몰로!"
그리고 여자는
"해리! 해리!"
하고 불렀다. 이어서 여자의 음성이 높아졌다.
"해리! 아아, 해리!"
대답은 없었다. 숨소리도 들리지 않았다.
텐트 밖에서는 하이에나가 여자의 잠을 깨울 때와 똑같은 괴상한 소리를 내고 있었다. 그러나 여자는 가슴이 울렁거려 그 소리도 귀에 들리지 않았다.

不敗者

不敗者

 매뉴엘 갈샤는 돈 미켈 레타나 사무소 계단을 올라갔다.
 슈트케이스를 내려 놓고 문을 두드렸다. 대답이 없다. 매뉴엘은 복도에 서 있었지만 방안에 누가 있음을 느꼈다. 문 너머로 그것을 느꼈다.
"레타나."
하고 부르고선 귀를 기울였다. 대답이 없었다.
 거기 있지, 있고 말고 하고 매뉴엘은 생각했다.
"레타나."
하고 문을 탕 쳤다.
"누구요?"
 사무실 안에서 누가 말했다.
"나야, 마놀로야."
 매뉴엘이 말했다.
"왜 그래?"
 그 소리가 물었다.
"일하러 왔지."
 매뉴엘이 말했다.

문에서 짤깍 하는 소리가 몇 번 나더니 문이 활짝 열렸다. 매뉴엘은 슈트케이스를 들고 들어갔다.

자그마한 사나이가 방 저쪽 책상 뒤에 앉아있었다. 머리 위에는 마드리드의 박제사(剝製師)가 만든 투우의 머리가 걸려 있고, 벽에는 그림틀이니 투우 포스터가 여러 장 걸려 있었다.

조그마한 사나이는 매뉴엘을 바라보며 앉아있었다.

"난 자네가 죽은 줄 알고 있었지."

그는 말했다.

매뉴엘은 주먹으로 책상을 쳤다. 조그만 사나이는 책상 너머에 앉은 채 그를 바라보고만 있었다.

"금년엔 몇 번이나 투우를 했지?"

레타나가 물었다.

"한 번이야."

그가 대답했다.

"그때 그것뿐이던가?"

조그만 사나이가 물었다.

"그래 그것뿐이야."

"그건 신문에서 읽었지."

레타나가 말했다. 등을 의자에 기댄채 매뉴엘을 바라보고 있었다.

매뉴엘은 박제한 소머리를 쳐다보았다. 전에도 여러 번 보았던 것이다. 볼 때마다 가족 생각이 났다. 약 구년 전에 전도유망한 사나이였던 형을 저것이 죽였던 것이다. 그는 그날을 기억하고 있었다. 소머리가 놓인 참나무 방패 위엔 놋쇠판이 달려 있었다. 매뉴엘은 그것을 읽을 수는 없었으나 자기 형을 기념하기 위한 것이라고 생각했다. 그럼, 썩 좋은 근사한 아이였지. 놋쇠판엔 이런 말이 새겨져 있었다.

'배라과 공작 소유의 투우〈마리포사〉출전 철회에 아홉 번 창(槍)을 받음, 투우사 견습, 안토니 오카르샤를 1909년 4월 27일에 죽임'

레타나는 그가 박제한 소머리를 쳐다보고 있는 것을 바라보았다.

"공작(公爵)이 일요일에 보낸 것들은 물의를 일으킬 것 같은데."

그는 말했다.

"모조리 다리가 나쁘거든. 카페에선 모두들 뭐라 말하던가?"

매뉴엘이 말했다.

"지금 막 도착했으니까."

"응 그런가?"

레타나가 말했다.

"그래 아직도 가방을 들고 있군."

그는 커다란 책상 뒤에서 몸을 뒤로 젖히며 매뉴엘을 건너다보았다.

"앉지."

그는 말했다.

"모자를 벗게."

매뉴엘은 앉았다. 모자를 벗으니까 얼굴이 달라졌다. 창백해 보였고, 모자 밑으로 보이지 않게 앞이마에 핀으로 꽂은 변발(辮髮)이 이상한 모양을 띠었다.

"안색이 좋지 않군."

레타나가 말했다.

"방금 퇴원했으니까."

매뉴엘이 말했다.

"다리를 잘랐단 얘기를 들었는데."

레타나가 물었다.

"아냐."

매뉴엘이 대답했다.

"다 나았어."

레타나는 책상 위로 몸을 기울이고 나무로 만든 담뱃갑을 매뉴엘 앞으로 내밀었다.

"담배 피우지."

그는 말했다.

"고마와."

매뉴엘이 불을 당겼다.

"피울래?"

성냥을 레타나에게 내밀면서 말했다.

"아니."
레타나는 손을 내저었다.
"담배는 피우지 않네."
레타나는 그가 담배를 피우는 것을 바라보았다.
"왜 취직을 해서 일을 하지 않는가?"
그는 말했다.
"일할 생각은 없어."
매뉴엘이 말했다.
"난 투우사니까 말야."
"이젠 투우가 어디 있담."
레타나가 말했다.
"내가 바로 투우사지."
매뉴엘이 말했다.
"그야, 자네가 그걸 하는 동안은 투우사겠지만."
레타나가 말했다.
매뉴엘은 웃었다.
레타나는 잠자코 매뉴엘만 쳐다보며 앉아있었다.
"하고 싶다면 야간부에나 넣어 주지."
레타나가 이렇게 제의했다.
"언제 말인가?"
매뉴엘이 물었다.
"내일 밤."
"남 대신은 하고 싶지 않아."

매뉴엘이 말했다. 모두 다 그런 짓을 하다 죽었던 것이다. 살봐도르도 그러다가 죽었다. 그는 주먹으로 툭툭 책상을 두드렸다.
"그것밖엔 도리가 없는 걸."
레타나가 말했다.
"내주 예정엔 넣어 주지 못하는가?"
매뉴엘이 물었다.
"인기를 끌지 못할 테니."
레타나가 말했다.
"구경꾼이 원하는 건 리트리와 루비도와 라트레뿐이거든. 그 애들이야 참 훌륭하지."
"내가 해도 보러 올 거야."
매뉴엘은 희망적으로 말했다.
"아냐, 오지 않을 걸. 이미 자네가 누군지도 모르니까 말야."
"나는 상당하단 말이야."
매뉴엘이 말했다.
"내일 밤에 넣어 주겠다고 하지 않는가."
레타나가 말했다.
"젊은 헤르난데즈와 짝을 짓게. 광대놀이가 끝난 후 노비(투우사 견습용의 황소) 두 마리는 죽일 수 있을 테니 말이야."
"그건 누구의 노비지?"

매뉴엘이 물었다.
"몰라, 울 안에 들어 있는 건 아무거나 괜찮아. 낮 같으면 수의(獸醫)가 통과시키지 않을 소들이야."
"남 대신은 하기 싫은 걸."
매뉴엘이 말했다.
"하건 말건 마음대로 하렴."
레타나가 말했다. 그는 신문 위에 몸을 구부렸다. 이미 아무런 흥미도 없었다. 옛날을 회상했을 때 잠시나마 느꼈던 매뉴엘에 대한 동정은 사라져 버렸다. 싸게 먹히기 때문에 라리타 대신 써 주려고 했던 것이다. 다른 사람이라도 싸게 고용할 수야 있었다. 하지만 그를 도와주고 싶었다. 아직까지 기회를 주어왔던 것이다. 이제 저한테 달려있다.
"얼마나 주겠어?"
매뉴엘이 물었다. 아직도 거절해 버리자는 생각이 뱅뱅 감돌았다. 그러나 거절하지 못하리라는 것을 알고 있었다.
"이백 오십 페세타 주지."
레타나가 말했다. 오백 페세타를 생각하고 있었는데 입을 열고 보니 그만 이백 오십이라고 말해 버리고 말았다.
"비랄타에겐 칠천을 주면서?"
매뉴엘이 말했다.

"자네는 비랄타가 아니야."
레타나가 말했다.
"알고 있어."
매뉴엘이 말했다.
"그는 인기가 대단하거든, 마놀로."
레타나가 설명하듯 말했다.
"그렇지."
하고 그는 일어섰다.
"삼백만 주게, 레타나."
"좋아."
레타나가 동의했다. 손을 뻗어 서랍에서 서류를 꺼냈다.
"지금 오십만 주겠어?"
매뉴엘이 물었다.
"그러지."
레타나는 지갑에서 오십 페세타 짜리 지폐를 꺼내어 펴서 책상 위에 놓았다.
매뉴엘은 그것을 호주머니에 집어넣었다.
"투우사 조수는 있나?"
그는 물었다.
"밤에 일하는 애들은 늘 있지."
레타나가 말했다.
"그자들로 충분해."
"창수(槍手)는?"

매뉴엘이 물었다.
"그다지 신통치 않네."
레타나도 인정했다.
"솜씨 있는 창수가 있어야겠는 걸."
매뉴엘이 말했다.
"그럼 얻어 보지."
레타나가 말했다.
"가 얻어 오지."
"이 돈에서 치러선 안 되겠는 걸."
매뉴엘이 말했다.
"육십 듀로 중에서 창수삯을 치를 생각은 없단 말야."
레타나는 잠자코 책상 너머로 매뉴엘을 바라보았다.
"그건 안 돼."
매뉴엘은 말했다.
레타나는 아직도 망설이고 있었다. 의자 뒤에 기대고 멀리서 생각하듯 그를 생각하고 있었다.
"전용 창수가 있는데."
그는 말을 던졌다.
"나는 알아."
매뉴엘은 말했다.
"자네 전용 창수야. 나도 알고 있네."
레타나는 웃지 않았다. 매뉴엘은 일이 다 된 것을 알았다.

"내가 원하는 건 공평한 찬스뿐이야."

매뉴엘은 따져가며 말했다.

"내가 출전한다면야 효과적으로 소를 공격해 보고 싶다는 것뿐이야. 솜씨 있는 창수가 하나만 있으면 된단 말야."

이미 쇠귀에 경읽는 격이었다.

"임시 조수를 원한다면 얻어오란 말야."

레타나는 말했다.

"꼭 그럴 생각이라면 말이다."

"그럴 작정이야."

레타나가 말했다.

"내일 밤에 만나세."

매뉴엘이 말했다.

"나도 나가지."

라고 레타나는 말했다.

매뉴엘은 슈트케이스를 집어들고 밖으로 나갔다.

"문을 닫게."

레타나가 소리를 질렀다.

매뉴엘이 뒤돌아보았다. 레타나는 책상 앞에 엎드려 무슨 서류를 보고 있었다. 매뉴엘은 짤깍 소리가 나도록 문을 꼭 당겼다.

그는 계단을 내려와 문을 나서 햇볕이 쨍쨍한 거리로 나왔다. 거리는 무척 뜨겁고 흰 건물에 비치는 햇빛에 갑자기 눈이 부셨다. 가파른 거리의 그늘 쪽을 걸어 푸에르타 델 솔을 향하여 내려갔다. 그늘은 한결같이 이어져 흐르는 물결같이 서늘했다. 네거리를 건넜을 땐 후끈하고 더웠다. 지나가는 사람 중엔 매뉴엘이 알 만한 사람이라곤 한 사람도 없었다.

푸에르타 델 솔 바로 앞에서 그는 어느 카페로 들어갔다.

카페는 조용했다. 몇 사람이 벽을 등지고 테이블에 앉아있었는데, 한 테이블에선 네 사람이 트럼프 놀이를 하고 있었다. 벽을 등지고 앉은 사람들은 대개 담배를 물고 있었는데, 테이블 위에는 빈 커피잔과 술잔들이 놓여있었다. 매뉴엘은 길다란 방을 지나 조그만 뒷방으로 들어갔다. 한 사나이가 구석 테이블에 앉아 잠들어 있었다. 매뉴엘은 한 테이블에 자리를 잡고 앉았다.

급사가 들어와서 매뉴엘의 테이블 곁에 섰다.

"쥬리토 봤나?"

매뉴엘이 그에게 물었다.

"점심 전에는 있었지요."

급사가 대답했다.

"다섯 시 전에는 안 돌아올 걸요."

"밀크 커피하고 맛배기 술 한 잔."

매뉴엘은 말했다.

급사는 커다란 커피잔과 술만이 놓인 쟁반을 받쳐들

고 방으로 돌아왔다. 왼손에는 브랜디 병을 들고 있었다. 그것을 테이블 위에 사뿐히 내려놓자, 따라온 보이가 긴 손잡이가 달린 두 개의 번쩍번쩍한 주둥이가 있는 주전자에서 커피와 밀크를 번갈아 잔에 따랐다.

매뉴엘이 모자를 벗자 급사는 그의 변발이 앞이마에 핀으로 꽂혀있는 것을 보았다. 매뉴엘의 커피 잔 바로 옆에 놓인 조그만 술잔에다 브랜디를 따르면서 그는 커피 보이에게 눈짓을 했다. 커피 보이는 호기심에 가득 찬 눈초리로 매뉴엘의 창백한 얼굴을 바라보았다.

"여기서 출전하나요?"

급사가 병마개를 막으면서 물었다.

"응."

매뉴엘은 말했다.

"내일."

급사는 술병을 허리춤에 댄 채 서 있었다.

"찰리 채플린 광대놀이에 나가요?"

그는 물었다. 커피 보이는 어찌할 바 몰라 다른 데로 시선을 돌렸다.

"아냐 보통 투우야."

"차베스하고 헤르난데즈가 하는 줄만 알았는데요."

급사가 말했다.

"아니, 나하고 또 한 사람하고야."

"누구죠? 차베스? 헤르난데즈?"

"헤르난데즈일 거야."
"차베스는 왜요."
"다쳤어."
"어디서 들으셨소."
"레타나한테서."
"어이, 루이."
급사는 옆방에다 소리를 질렀다.
"차베스가 소뿔을 받았대."
매뉴엘은 각설탕의 겉종이를 벗기고 커피 잔에 떨어뜨렸다. 저어서 마시니, 달고 뜨거워서 빈 뱃속이 훈훈해졌다. 그는 브랜디 잔을 비웠다.
"이거 한 잔 더 주게."
그는 급사에게 말했다.
급사는 병마개를 빼고 한 잔 가득히 따랐는데 받침접시에다 제법 한 잔 턱이나 엎질렀다. 다른 급사가 테이블 앞에 나섰다. 커피 보이는 가 버렸다.
"차베스가 몹시 다쳤나 봐요?"
둘째 번 급사가 매뉴엘에게 물었다.
"글쎄, 모르겠는데."
매뉴엘이 말했다.
"레타나는 아무 말 없었어."
"그자가 관심이 있을 게 뭐야."
키 큰 급사가 말했다. 매뉴엘이 한 번도 보지 못한

사나이였다. 방금 왔음에 틀림없었다.

"여기선 레타나와 손을 잡기만 하면 성공은 의심할 바 없죠."

키 큰 급사가 말했다.

"그자 눈에 나거든, 도망쳐서 권총 자살이라도 하는 게 나을걸."

"옳은 말이야."

아까부터 들어와 있던 급사가 말했다.

"정말 그래."

"그렇다마다."

키 큰 급사가 말했다.

"그 녀석 얘기라면 내 말이 틀림없지."

"그자가 비랄타에게 한 짓을 보라지."

첫 번째 급사가 말했다.

"어디, 그뿐인가."

키 큰 급사가 말했다.

"마르시알, 라란다한테 한 걸 보란 말야. 나시오날한 테도 그랬지."

"네 말이 옳아."

키 작은 급사가 맞장구를 쳤다.

매뉴엘은 테이블 앞에서 이야기에 꽃을 피우며 서 있는 급사들을 바라보았다. 두 번째 브랜디 잔도 이미 마셔 버렸다. 급사들은 이미 그를 잊고 있었다. 그에겐 아무런 관심도 없었다.

"그 머저리 같은 놈들을 보란 말야."

키 큰 급사가 말을 이었다.

"그 나시오날 2세라는 자 봤나?"

"보잖구, 지난 일요일에 봤지."

첫 번째 급사가 말했다.

"멍청이지 뭐야."

키 작은 급사가 말했다.

"내가 뭐라 했지?"

키 큰 급사가 말했다.

"레타나의 자식들은 그런 꼴이라니까."

"이봐, 한 잔 더."

매뉴엘이 말했다. 그들이 한창 이야기에 정신 팔고 있는 틈에, 그는 아까 급사가 받침접시에 엎지른 술을 술잔에 따라서 마셨다.

첫 번째 급사가 기계적으로 술을 부어 주고, 셋은 지껄여대면서 방 밖으로 나가 버렸다.

멀찍이 한 구석에 자리잡은 그 사나이는 아직도 잠들어 있었다. 매뉴엘이 술을 들이킬 때마다 머리는 벽에 기댄 채 코를 가볍게 골았다.

매뉴엘은 브랜디를 마셨다. 그는 졸렸다. 거리에 나가기엔 너무 더웠다. 게다가 나가야 할 일도 없었다. 그는 쥬리토를 만나 보고 싶었다. 기다리는 동안 잠이라도 들겠지. 테이블 밑으로 슈트케이스를 발로 차보고 거기 있음을 확인했다. 자리 밑, 벽에 기대놓는 편이 나을지도 모르겠다. 그는 몸을 구부려 슈트케이스를 밑으로 처넣었다. 그런 다음 테이블에 엎드렸다. 그러자 어느새 잠들어 버렸다.

잠을 깨자 누군가 맞은편 테이블에 앉아있었다. 인디언처럼 부풀고 고동색 얼굴을 한 거인이었다. 그는 얼마 전부터 그곳에 앉아있었다. 손짓하여 급사를 내 보낸 다음 신문을 읽으면서, 테이블에 머리를 기댄채 잠이 든 매뉴엘을 간간이 내려다 보았다. 그는 입으로 한 자 한 자 발음해 가면서 무척 힘들게 신문을 읽고 있었는데 싫증이 나면 매뉴엘 쪽을 바라보았다. 그는 까만 코도반 모자를 깊숙이 눌러쓰고 의자에 육중하게 앉아있었다.

매뉴엘은 몸을 일으키며, 그를 보았다.
"여어, 쥬리토."
그는 말했다.
"여어, 이 사람아."
거인도 말했다.
"잠이 들었댔군."
매뉴엘은 손등으로 앞이마를 문질렀다.
"그런 줄 알았지."
"괜찮아, 자넨 어떤가?"

"그다지 재미 없네."

두 사람은 말이 없었다. 창수인 쥬리토는 매뉴엘의 창백한 얼굴을 바라보았다. 매뉴엘은 신문을 접어 호주머니에 집어넣으려는 창수의 커다란 손을 바라보았다.

"부탁이 있네, 마노스."

매뉴엘이 말했다.

마노스듀로(거대한 손)란 쥬리토의 별명이었다. 그는 이 별명을 들을 때마다 자기의 엄청나게 큰 손을 생각지 않을 수 없었다. 그는 두 손을 테이블 위에 올려 놓았다.

"한 잔 하게."

그는 말했다.

"그러지."

매뉴엘은 응했다.

급사가 왔다 가더니 또 돌아왔다. 테이블에 앉은 두 사람을 뒤돌아보면서 밖으로 나갔다.

"무슨 얘기야, 마놀로?"

쥬리토는 술잔을 놓았다.

"내일 밤에 말야, 소 두 마리를 창질해 달라는 말이야."

매뉴엘은 테이블 너머로 쥬리토를 바라보며 물었다.

"안돼."

쥬리토가 말했다.

"이젠 창질은 안하겠어."

매뉴엘은 자기 술잔을 내려다보고 있었다. 미리 짐작한 대답이었다. 지금 그것을 들었을 뿐이었다. 그래 분명히 들었던 것이다.

"미안하네, 마놀로. 하지만 이젠 창질은 안하기로 했어."

쥬리토는 자기 손을 바라보았다.

"괜찮네."

매뉴엘이 말했다.

"너무 늙었어."

쥬리토가 말했다.

"물어 본 것뿐이야."

매뉴엘이 말했다.

"내일 밤인가?"

"응, 그래, 훌륭한 창수 한 놈만 있으면 멋지게 해치울 것 같단 말야."

"얼마 받는가?"

"삼백 페세타야."

"난 창질만 해도 그보다는 더 받네."

"알고 있어."

매뉴엘은 말했다.

"자네한테 부탁할 체면도 없네."

"뭐 땜에 그따위 짓을 한단 말야?"

쥬리토가 물었다.

"왜 변발은 끊어 버리지 못해, 쥬리토?"

"모르겠어."

매뉴엘이 말했다.

"자네도 이미 나처럼 늙어빠졌지 않아."

마놀로가 말했다.

"글쎄."

매뉴엘은 말했다.

"할 수밖에 없거든. 그거나마 제대로 해서 그럴 듯한 성적만 올린다면야 더 바랄 게 있겠나. 이짓을 그만 둘 순 없단 말이야, 마노스."

"아니, 그렇지도 않아."

"아냐, 그래. 그만두려고도 해 봤지."

"자네 기분은 알겠어. 하지만 그래서야 되나, 손을 끊고 돌아보지 말아야지."

"그럴 수는 없어. 더구나 요즘은 솜씨도 나아졌으니까."

쥬리토는 그의 얼굴을 쳐다보았다.

"입원했다지?"

"하지만 다쳤을 때에는 한창 솜씨가 나고 있었으니 말야."

쥬리토는 아무 말도 하지 않았다. 받침 접시에서 흐른 코냑을 술잔에 따랐다.

"내 마지막 연기만큼 훌륭한 연기는 일찍이 없었다고 신문에도 평이 났거든."

매뉴엘은 말했다. 쥬리토는 그를 바라보았다.

"내가 신만 나면 아주 멋있게 하는 것쯤 자네도 알지 않는가."

매뉴엘이 말했다.

"자넨 너무 늙었어."

창수가 말했다.

"아냐."

매뉴엘은 말했다.

"자네는 나보다 열 살이나 많잖은가."

"나야 다르지."

"나도 그리 늙진 않았어."

매뉴엘은 말했다.

매뉴엘은 창수의 얼굴을 쳐다보고 있을 뿐, 두 사람은 말이 없었다.

"다치기 전까지야 나도 팔렸지."

매뉴엘은 넌지시 말했다.

"내가 하는 걸 봤어야 하지 않아, 마노스?"

매뉴엘은 나무라듯 말했다.

"자네 하는 건 보고 싶지 않네."

쥬리토가 말했다.

"마음이 초조해지니까 말이야."

"근래는 구경하러 통 안 왔지."

"여러 번 봤으니까."

쥬리토는 매뉴엘의 시선을 피하면서 그를 바라보았다.

"그만두어야 해, 마놀로."
"그런 짓은 못하겠어."
매뉴엘이 말했다.
"정말이지 이제부턴 솜씨가 날 테니까 말이다."
쥬리토는 두 손을 테이블 위에 짚은 채 앞으로 몸을 기울였다.
"이봐, 창질은 해 줄 테니까 말야, 만일 내일 밤 근사하게 못해내면 그만두어야 해, 알겠나? 그러겠어?"
"그럼 그러지."
쥬리토는 안심한 듯 바로 앉았다.
"손을 떼야 해."
그는 말했다.
"바보 노릇 작작하고, 변발을 잘라 버려야 해."
"그렇게 되질 않는 걸."
매뉴엘은 말했다.
"두고 보라구. 요령을 알았어."
쥬리토는 일어섰다. 말다툼에 피로를 느꼈다.
"손을 떼야 해."
그는 말했다.
"내 손으로 자네 변발을 자르고 말 테야."
"원 천만에."
매뉴엘은 말했다.
"그렇게는 잘 안될 걸."

쥬리토는 급사를 불렀다.
"자아, 가지."
쥬리토는 말했다.
"집으로 가지."
 매뉴엘은 탁자 밑으로 손을 넣어 슈트케이스를 들었다. 즐거웠다. 쥬리토가 창질을 맡아주리라는 걸 알고 있었다. 그는 지금 산 사람 중에선 제일 뛰어난 창수다. 이젠 아무 문제도 없다.
"집으로 가서 식사나 하지."
쥬리토가 말했다.

 매뉴엘은 마필대기소에 서서 찰리 채플린의 광대놀이가 끝나기를 기다리고 있었다. 쥬리토도 옆에 서 있었다. 그들이 서 있는 곳은 어두웠다. 투우장으로 나가는 턱 높은 문은 닫혀있었다. 머리 위에선 환호성이 일다가도 또 웃음보가 터지곤 했다. 잠시 잠잠해졌다. 매뉴엘에겐 대기소 근처의 마굿간 냄새가 구수했다. 어둠 속에서 구수하게 풍겨 왔다. 투기장에서는 또 한 번 환성이 일고, 이어 박수갈채가 길게 계속되었다.
"저 녀석들 본 일 있나?"
 어둠 속, 매뉴엘 곁에서 거대한 몸집을 어슴프레 보이고 있던 쥬리토가 물었다.
"아니."

매뉴엘이 말했다.
"재민 꽤 있지."
쥬리토가 말했다. 그는 어둠 속에서 혼자 미소를 짓고 있었다.

투우장으로 나가는 턱 높고 꼭 맞는 이중문이 활짝 열리자, 매뉴엘은 센 아크등 불빛 아래 환한 투기장을 보았다. 투우장만은 어둠 속에서 밝게 떠올라 보였다. 투기장 가장자리를 방랑자 차림의 두 사나이가 뛰어다니면서 답례를 하고 있고, 그 뒤에는 호텔 보이 제복을 입은 사나이가 뒤따르며 사장(砂場)에 던져진 모자며 지팡이를 집어다가 어둠 속으로 되던져 주고 있었다. 대기소에도 전등이 켜졌다.

"자네가 애들을 모으는 사이, 난 저 말 중에서 한 마리 골라 타고 있을께."

쥬리토가 말했다. 등뒤에선 노새의 방울 소리가 나고, 투우장으로 나가서 죽은 소에게 붙들려 매이는 노새들이 나타났다.

투우장의 울과 관람석 사이의 통로에서 광대 구경을 하고 있던 투우사 조수들이 어슬렁어슬렁 돌아오더니, 대기소 전등불 밑에서 떼를 지어 이야기를 주고받고 있었다.

은빛과 오렌지빛으로 된 옷을 입은 미남 청년이 매뉴엘 있는 데로 다가와서 미소를 던졌다.

"내가 헤르난데즈에요."

그는 이렇게 말하며 손을 내밀었다. 매뉴엘은 악수를 했다.

"오늘 밤에 걸린 건 정말 코끼리 같은 놈이오."

그는 유쾌한 듯이 말했다.

"그래 무섭게 뿔 돋친 코끼리 말이지."

매뉴엘도 동의했다.

"제일 재수 없는 제비를 뽑았군요."

청년이 말했다.

"괜찮아."

매뉴엘이 말했다.

"크면 클수록 가난한 사람들에게 고기가 더 가니까."

"그런 농담을 어디서 배웠소?"

헤르난데즈가 이빨을 보이며 히죽이 웃었다.

"옛날부터 있던 말이야."

매뉴엘은 말했다.

"조수들을 세워 보자, 어떤 친구들인가 봐 두게."

"괜찮은 애들이죠."

헤른난데즈가 말했다. 그는 유쾌했다. 그는 전에도 두 번이나 야간부에 출전한 일이 있어 마드리드에서는 팬이 생기려는 참이었다. 몇 분 후에 투우가 시작되니 즐거웠다.

"창수들은 어디 있나?"

매뉴엘이 물었다.

"뒷마당 울에서 서로 좋은 말을 타려고 싸우고 있답니다."

헤르난데즈는 빙긋했다.

노새들이 문으로 돌진해 들어왔다. 말채소리, 방울소리 요란한 가운데 어린 소가 사장에 이랑을 지어 놓았다. 소가 다 지나가자 그들은 곧 입장할 대형을 갖추었다.

매뉴엘과 헤르난데즈가 앞장섰다. 조수들은 거추장스런 케이프를 팔에 걸고 뒤따랐다. 창수 네 명은 검은 옷을 입고 말을 타고, 울 안의 어둠침침한 곳에서 철창날이 달린 창대를 꼿꼿이 세우고 있었다.

"말이 잘 보이게 레타나가 불을 비춰주지 않는 건 이상한데."

창수 한 사람이 말했다.

"이 말라빠진 말을 안 보는 게 오히려 마음 편하리란 걸 아는 게지."

다른 창수가 대답했다.

"지금 내가 타고 있는 이놈도 간신히 나를 올려놓고 있다니까."

처음 창수가 말했다.

"글쎄 그래도 말이란 말이지."

"그럼 그야 말이지."

그들은 여윈 말을 타고 앉아 어둠 속에서 이런 말들

을 주고 받았다.

쥬리토는 아무 말 없었다. 너절한 말 중에서 한 마리 실한 놈을 얻어 탔던 것이다. 울 안에서 빙빙 돌며 이미 시험을 다 해본데다, 고삐와 박차에도 제대로 반응을 보였던 것이다. 말 오른편 눈에 감겨두었던 붕대를 풀고, 귀를 밑에서 바싹 비끌어 매었던 끈도 끊어 버렸다. 훌륭하고 씩씩한 말, 다리가 튼튼한 말이었다. 그가 필요한 것은 이것뿐이었다. 투우가 끝나도록 이 말만 탈 작정이었다. 그는 어슬어슬한 어둠 속에서 이 말의 크고 폭신한 안장에 올라앉아 입장을 기다리고 있을 때부터, 이미 마음속에선 투우가 끝나도록 창질할 계획이 뚜렷이 서 있었다. 다른 창수들은 그의 좌우에서 이야기를 늘어놓고 있었다. 그러나 그의 귀에는 들리지 않았다.

투우사 두 사람이 꼭 같은 모양으로 케이프를 왼팔에 개켜 걸고 세 사람의 조수 앞에 나란히 서 있었다. 매뉴엘은 자기 등뒤의 세 젊은 조수들을 생각하고 있었다. 셋이 모두 헤르난데즈와 같은 마드리드 출신으로 나이 열 아홉 가량의 청년들이었다. 그 중 하나는 집시로 진지하고 냉정하며 얼굴빛이 검어서 그 모습이 좋았다. 그는 고개를 돌렸다.

"이름이 뭐지, 자네?"

그는 집시에게 물었다.

"휜테스."
"좋은 이름이군."
매뉴엘이 말했다. 집시는 이빨을 보이며 웃었다.
"소가 나오거든 좀 잡아돌려 주게."
매뉴엘이 말했다.
"그러죠."
집시가 말했다. 그의 얼굴은 진실한 얼굴이었다. 어떻게 할까 하는 생각에 잠기기 시작한 것이다.
"자아, 나가세."
매뉴엘이 헤르난데즈에게 말했다.
"네, 나갑시다."
머리를 꼿꼿이 세우고 음악에 맞추어 몸을 흔들흔들 흔들고 오른팔을 자유롭게 저으며 행진을 시작해서, 아크등 불빛 아래 모래 깔린 투기장을 건넜다. 투우사 조수들이 대형을 이루어 뒤따르고, 그 뒤에는 말탄 창수들, 그 뒤는 투우장 정비원과 방울소리 요란한 노새들, 이런 순서였다. 그들이 투기장을 건너갈 때 군중들이 헤르난데즈에게 갈채를 보냈다. 보무당당하게 몸을 흔들며 행진하면서도 두 눈은 똑바로 앞을 바라보고 있었다.
행진은 회장 앞에 이르러 절을 한 다음, 흩어져 각기 맡은 제 장소로 옮겨갔다. 투우사들은 주홍색 말뚝을 두른 곳으로 가서 무거운 외투를 가벼운 투우용 케이프로 바꿔 입었다. 노새들은 나갔다. 창수들은 경비장 주위를 전속력으로 달렸고, 정비원이 모래를 쓸어 평평하게 만들었다.

매뉴엘은 레타나의 대리인이 부어 준 물 한 잔을 마셨다. 그가 매뉴엘의 매니저 겸 검사(劍士) 구실을 하고 있었다. 헤르난데즈는 제 매니저와 이야기한 후 돌아왔다.

"상당한 인기로군, 이 사람아."

매뉴엘은 그를 칭찬했다.

"나를 좋아들 하지요."

헤르난데즈는 즐거운 듯 말했다.

"입장은 어떻게 했지?"

매뉴엘이 레타나의 대리인에게 물었다.

"결혼식 같았죠."

그는 대답했다.

"훌륭했소. 호세리토나 벨몬테처럼 근사하더군요."

쥬리토가 말을 타고 지나갔다. 그 모습은 엄청나게 거대한 기마상(騎馬像)이었다. 말머리를 돌려서 투우장 저쪽, 소가 나오게 되어있는 소 우리에 말을 맞세웠다. 아크등 밑에서는 기분이 이상야릇했다. 뜨거운 오후의 햇볕 아래서도 큰 돈을 벌려고 창수 노릇을 한 일이 있었다. 그러나 이 아크등 노름은 질색이었다. 빨리 시작이나 했으면 했다.

매뉴엘이 그에게 다가왔다.

"찔러 주게, 마노스."

그는 말했다.

"내 힘에 알맞게 야코 좀 죽여 달란 말야."

"그럼, 찌르잖고, 이 사람아!"

쥬리토는 모래에 침을 뱉었다.

"투우장 밖으로 뛰어나가게 해 놓고 말지."

"덮쳐 눌르란 말야, 마노스."

매뉴엘이 말했다.

"응, 덮쳐 눌러야지."

쥬리토는 말했다.

"그런데 왜 이렇게 늦는가?"

"이제 곧 나올 걸세."

매뉴엘이 말했다.

쥬리토는 상자형 등자(鐙子)에 두 발을 버티고, 녹피(鹿皮)로 덮개를 한 커다란 다리로 단단히 말을 죄면서 왼손에는 고삐, 오른손에는 긴 창을 휘들고, 차양 넓은 모자를 깊숙이 눌러 써 불빛을 가리운 채 멀리 소 우리의 문을 지켜보고 앉아있었다. 말의 귀가 바르르 떨렸다. 쥬리토는 왼손으로 목덜미를 가볍게 쓰다듬어 주었다.

소 우리의 붉은 문이 활짝 열린 순간, 쥬리토는 투기장 저 멀리 텅 비어 있는 통로를 바라보았다. 그러자 황소가 돌진해 왔다. 불빛을 온몸에 잔뜩 받고 네 발로 미끄러지듯 옆으로 나갔다. 구보(驅步)로 덤벼드는가

하면 빠른 구보로 경쾌하게 움직여 왔다. 덤벼들 때 커다란 콧구멍으로 헐떡일 뿐, 조용히 굴며 어두운 우리 속에서 해방된 것을 즐기고 있었다.

관람석 앞줄에는 엘 헤럴드 신문의 투우 견습 기자가 약간 싫증을 느끼며, 무릎 바로 앞 시멘트 담에 몸을 기대고 기사를 갈겨 쓰고 있었다.

'캄파네로 호(號), 흑색 42번, 시속 90마일 속력으로 맹렬히 돌진해 오다—'

매뉴엘이 말뚝울에 몸을 기대고 황소를 지켜보며 손을 내혼들자, 집시 청년이 케이프를 펄럭이며 뛰어나왔다. 전속력으로 달려오던 황소는 급회전을 하고 머리를 숙이고 꼬리를 곤두세워 케이프를 향하여 돌진해 왔다. 집시가 갈짓자로 뛰며 휙 지나치자, 황소 눈에 그 청년이 띄었다. 그러자 케이프를 버리고 사람에게 덤벼들었다. 집시가 전속력으로 달려 붉은 말뚝울을 뛰어 넘자, 황소는 뿔로 들이받았다. 뿔로 두 번이나 들이박고 말뚝을 무턱대고 짓부셨다.

엘 헤럴드의 기자는 담배에 불을 댕기고 성냥개비를 황소에게 집어던진 다음 수첩에 적었다.

'돈 치른 구경꾼을 만족시킬 만큼 거대한 체구와 충분한 뿔. 캄파네로는 투우사의 진지(陣地)로 파들어갈 형세를 보임.'

황소가 울을 떠받을 때 매뉴엘은 단단한 모래사장으

로 나갔다. 쥬리토가 투우장 왼편으로 사분의 일 가량 돌아간 곳 말뚝울 가까이에서 백마를 타고 있는 것을 곁눈질로 얼른 보았다. 매뉴엘은 케이프를 바로 몸 앞에 펴서 양손에 접어 쥐고 황소를 향하여 "허엇! 허엇!" 하며 소리를 질렀다. 황소는 머리를 돌리고 네 발을 버티며 덤벼들어 말뚝울을 받고 그것을 치켜드는 것 같더니 케이프로 뛰어들었다. 매뉴엘은 옆으로 비켜 서면서 황소의 공격에 맞추어 발꿈치로 맴을 돌며 케이프를 바로 뿔 앞에다 흔들어 보였다. 끝나자 다시 황소와 맞서서 케이프를 본 위치대로 바로 몸 앞에 펴들고 황소가 재차 덤벼들면 다시 맴돌았다. 그가 케이프를 휘두를 때마다 관중은 환성을 올렸다.

그는 네 번 황소와 더불어 맴돌고, 커다랗게 물결치듯 케이프를 휘둘러 번번이 또 덤벼들게 했다. 다섯 번째 회전을 마치고 케이프를 엉덩이로 보내며 회전을 하자 케이프는 마치 발레 댄서의 치마폭처럼 휘둘렸고, 황소는 혁대 모양으로 몸을 감돌았다. 이때 매뉴엘은 얼른 물러서며 가까이 다가와서 당당하게 버티고 있는 백마를 탄 쥬리토와 황소를 맞서게 했다. 말은 귀를 앞으로 눕히고 입술을 떨며 황소와 맞서고, 쥬리토는 모자를 깊숙이 눌러쓰고 몸을 앞으로 굽히며 기다란 창대를 오른팔에 안고 쑤욱 내밀어 창날 가까이를 바싹 쥐고 앞뒤로 날카롭게 세모난 쇠창살은 황소를 겨누고 있었다.

엘 헤럴드 신문의 이류 기자는 담배 연기를 빨아들이면서 눈은 황소를 주시하며 써내려갔다.

'노 투우사 마놀로는 일련의 근사한 회전술을 시도하며 벨몬놀적인 연기를 끝내자 관객들의 갈채를 받고 기마전(騎馬戰)인 이회전으로 들어가다.'

쥬리토는 마상에서 황소와 창끝 사이의 거리를 재어 보았다. 그가 보고 있는데 황소는 온몸에 힘을 모아 말 가슴을 노리고 덤벼들었다. 소가 머리를 숙여 떠받으려고 할 찰나, 쥬리토는 황소 어깨의 부풀어 오른 살더미를 향해 창을 내리꽂고 창대에 전신의 무게를 맡기며 왼손으로 백마를 당겨 말 앞발이 공중에 뜨자 황소를 아래로 내리밀고, 오른편으로 약간 돌아섰다. 황소 뿔은 말 복부 밑을 무사히 살짝 지나가고, 말이 부르르 떨면서 땅에 내려오자 헤르난데즈가 내민 케이프를 향하여 달려드는 황소 꼬리가 말 가슴을 슬쩍 스치고 지나갔다.

헤르난데즈는 케이프로 황소를 다루면서 옆걸음으로 달려 다른 창수에게로 데리고 갔다. 케이프를 한 번 휘둘러 말과 기수를 정면으로 맞세워 놓고 뒤로 물러났다. 황소는 말을 보자 덤벼들었다. 창수의 창이 황소 등에서 미끄러지고 황소가 덤벼드는 충격에 말이 뛰어올랐을 때, 창수는 이미 안장에서 반이나 벗어나 창이 빗맞는 순간 오른 다리를 공중으로 곤두 세우며 왼편으로 떨어져 황소와 그 사이에 말이 끼이게 되었다. 말은 덤벼드는 황소 바람에 쓰러지고 말았다. 창수는 장화로 말을 걷어찼다. 그리고 일으켜 세워 주기만 기다리며 가만히 누워있었다.

매뉴엘은 황소가 넘어진 말을 짓부수게 맡겨 두었다. 창수는 안전하였기에 급할 건 없었다. 더구나 좀 혼을 내주는 게 창수에겐 좋다. 다음 번엔 좀더 버틸 테니까. 엉터리 창수들 같으니! 매뉴엘은 약간 떨어진 곳에 말을 굳건히 세우고 대기하고 있는 쥬리토를 사장 건너로 바라보았다.

"하앗!"

하고 그는 황소에게 소리를 지르고,

"덤벼라!"

하며 황소 눈에 띄게 케이프를 두 손에 펴서 들었다. 황소는 말 곁을 떠나, 케이프를 보고 달려들었다. 매뉴엘은 비스듬히 뛰며 케이프를 넓게 벌리고 발을 멈추며 발꿈치로 뱅 돌아서 황소를 쥬리토와 정면으로 맞서게 했다.

'캄파네로는 한 쌍의 창을 받고 폐마 일두를 쓰러뜨리다. 헤르난데즈와 마놀로가 소를 다루다.'

하고 엘 헤럴드의 기자는 썼다.

'소는 창을 떠다밀며 애마가(愛馬家)가 아님을 분명

히 표시했다. 소 창수 쥬리토는 창술에서 옛날 솜씨를 회복한 듯, 특히 정통적인 투우 연기는!

"잘한다! 잘해!"

옆에 있던 사람이 소리를 질렀다. 그 소리도 관중의 환호성 속에 사라지고 기자는 눈을 치켜들고 바로 밑에 있는 쥬리토를 보았다. 그는 말 위에서 몸을 내밀고 겨드랑이 밑으로 기다란 창대의 창날 가까이를 잡고 전신의 무게로 엎쳐 누르며 황소를 떠밀었다. 황소는 말을 잡으려고 밀며 버티고 있었다. 쥬리토는 훨씬 몸을 앞으로 내밀고 황소 위에 덮쳐서 버틸 대로 버티며 말을 천천히 돌려서 드디어 완전히 벗어나왔다. 쥬리토는 말이 벗어나서 황소가 스쳐 지나가는 그 순간을 느끼고 버티고 있던 창대를 힘껏 늦추자, 황소는 바로 콧등에 헤르난데즈의 케이프를 발견하고 몸을 뿌리친 순간, 세모꼴로 된 강철 창날이 황소의 어깨살을 깊숙이 파고들어갔다. 황소는 맹목적으로 케이프를 향해 달려들었고, 젊은이는 황소를 넓은 투기장으로 이끌고 나갔다.

쥬리토는 말을 쓰다듬으면서 관중의 환호 속 밝은 불빛 아래서, 헤르난데즈가 휘두르는 케이프를 보고 달려드는 황소를 지켜보고 있었다.

"지금껏 봤나?"

그는 매뉴엘에게 말했다.

"놀라운 솜씨야."

매뉴엘이 말했다.
"아까 완전히 야코 죽였거든."
쥬리토는 말했다.
"지금 저 꼴을 보지."
케이프가 바싹 돌아 지나갔기 때문에 황소는 미끄러져 무릎을 꿇었다. 즉시 일어섰지만, 멀리 사장 저편에서 매뉴엘과 쥬리토는 황소의 검은 어깨에서 선혈이 퐁퐁 쏟아져 번들번들 번쩍이고 있는 것을 보았다.
"아까 제대로 맞았지."
쥬리토가 말했다.
"좋은 소야."
매뉴엘이 말했다.
"한 번만 더 찌르게 해 준다면야 죽이고 말 텐데."
쥬리토가 말했다.
"3회전은 우리에게 맡길 걸."
매뉴엘이 말했다.
"저쪽을 봐."
쥬리토가 말했다.
"난 가 봐야지."
매뉴엘은 이렇게 말하며 투기장 저쪽으로 달려갔다. 거기엔 일꾼들이 막대기니 뭐니 닥치는 대로 들고 말다리를 후려갈기고 말굴레를 잡아당기면서 말을 황소와 맞서게 하려고 하고 있었다. 황소는 머리를 떨어뜨리고 앞발로 땅을 긁어대며 덤벼들 결심을 못한 채 있었다.

쥬리토는 말을 몰아 이 광경 쪽으로 달려가면서, 자세히 관찰하고 얼굴을 찌푸렸다.

드디어 황소는 돌진했다. 말몰이들은 말뚝울로 달아나고, 창수의 창이 뒤쪽으로 빗맞았다. 황소는 말밑으로 들어가 말을 떠받아 등뒤로 내동댕이치고 말았다.

쥬리토는 지켜보고 있었다. 붉은 웃옷을 입은 일꾼들이 뛰어나와 창수를 끌어내었다. 창수는 제발로 일어서자 욕설을 퍼부으며 팔을 툭툭 쳤다. 매뉴엘과 헤르난데즈는 케이프를 펴들고 서 있었다. 거대한 검은 황소는 뿔에 굴레를 잡아 낚은 채 말굽이 달랑거리는 말을 등에 지고 있었다. 말을 등에 업은 황소가 짧은 다리로 비틀거리다 목을 구부리고 추겨들고 떠받고 하여 말을 떨어뜨리려고 돌진하는 바람에 그만 말이 미끄러져 떨어졌다. 그러자 황소는 매뉴엘이 펴든 케이프를 향해서 돌진해 왔다.

'황소가 이젠 좀 느려졌군' 하고 매뉴엘은 느꼈다. 엄청나게 피를 쏟고 있었다. 복부 일면에 선혈이 번쩍거렸다.

매뉴엘은 다시 케이프를 내밀었다. 황소는 달려들어 눈을 크고 징그럽게 뜬 채 케이프를 노리고 있었다. 메뉴엘은 옆으로 몸을 옮기자 두 팔을 치켜들고 맴돌 양으로 케이프를 바싹 황소 코 앞에 대었다.

이제 그는 황소와 맞서있었다. 그러자 황소 머리가 약간 수그러졌다. 머리를 나직이 하고 있었다. 쥬리토의 일격 때문이었다.

매뉴엘이 케이프를 펄럭거렸다. 그러자 황소는 덤벼들었다. 옆으로 비켜서 또 한 번 회전을 하였다. '무시무시하게 정확히 떠받는군' 하고 그는 생각했다. 실컷 싸웠으니까 이제는 조심하는 모양이다. 이제는 상대를 찾고 있다. 나를 노리고 있다. 그러나 케이프밖에는 주지 않을 걸.

그는 황소를 향해서 케이프를 뒤흔들었다. 황소가 덤벼들었다. 비켰다. 이번에는 무섭게 가까왔다. 이렇게까지 가까이 하고 싶진 않은데.

황소가 지나칠 때 그 등을 스쳤던 케이프 한쪽 끝이 피에 젖었다.

좋다. 이번이 마지막이다.

매뉴엘은 황소와 맞서며 두 손으로 케이프를 내밀고 황소가 덤벼들 때마다 같이 맴돌았다. 황소는 그를 바라보았다. 눈은 그를 노린 채 뿔을 앞으로 내뻗고, 지켜보고 있었다.

"하앗!"

매뉴엘이 소리쳤다.

"이놈의 소!"

하고 몸을 뒤로 젖히면서 케이프로 휘둘렀다. 황소가

덤벼들었다. 옆으로 비켜나면서 케이프를 뒤로 돌리고 빙빙 돌아가니까, 황소는 돌아가는 케이프를 따라 돌다가 케이프의 움직임에 압도되고 사로잡혀 어찌할 바를 몰라 멍청히 꼼짝 않고 그대로 서 버렸다. 매뉴엘은 한 손으로 케이프를 콧등 바로 밑에서 흔들어 황소가 섰다는 것을 표시하고 걸어 나가 버렸다.

갈채가 없었다.

매뉴엘은 모래사장을 질러 말뚝울 있는 데로 가고, 쥬리토는 투기장 밖으로 말을 몰고 나갔다. 매뉴엘이 황소와 씨름하고 있을 때 나팔 소리가 울리며 투우는 이 회전으로 즉시 투우사 조수들의 창질로 옮겨가는 것을 알렸다. 그는 이 신호를 별로 주의하지 않았다. 일꾼들이 죽은 말 두 마리 위에 돛배를 덮어 주고 그 근방에 톱밥을 뿌렸다.

매뉴엘은 물 한 모금을 마시려고 말뚝울 있는 데로 갔다. 레타나의 대리인이 무거운 오지그릇을 그에게 내주었다.

키 큰 집시인 휜테스는 한 쌍의 소창(小槍)을 쥐고 서 있었다. 낚시바늘 같은 창날이 뾰족이 내민 가늘고 붉은 창대를 모아쥐고 있었다. 그는 매뉴엘을 바라보았다.

"갔다 오게."

매뉴엘은 말했다.

집시는 뛰어나갔다. 매뉴엘은 물그릇을 놓고 지켜보았다. 수건으로 얼굴을 닦았다.

엘 헤럴드의 기자는 허벅다리 사이에 둔 미지근한 샴페인 술병에 손을 뻗어 한 모금 마신 다음, 쓰던 구절을 끝맺었다.

'노 마놀로는 케이프와 창의 너절한 연기에 갈채를 기대하지 않고 드디어 소창전(小槍戰)으로 들어감.'

투우장 한가운데, 황소는 아직도 꿈쩍 않고 혼자 서 있었다. 키가 날씬하고 등이 펑퍼짐한 휜테스가 두 팔을 벌리고 한 쌍의 가늘고 붉은 창대를 한 손에 하나씩 손가락으로 쥐고 창날을 똑바로 앞으로 내밀고 오만하게 황소에게로 다가갔다. 휜테스는 자꾸만 앞으로 나아갔다. 그의 뒤 한쪽에는 케이프를 가진 동료가 뒤따랐다. 황소는 휜테스를 보자 가만있지 않았다.

황소 눈은 휜테스를 노리며 가만히 서 있다. 휜테스는 몸을 뒤로 굽히면서 소를 불렀다. 두 자루의 소창을 푸득푸득 움직이자, 창날에 번쩍이는 불빛이 황소 눈에 띄었다.

꼬리를 곤두세우며 황소는 덤벼들었다.

똑바로 사람을 노린 채 달려왔다. 휜테스는 몸을 뒤로 젖히고 소창을 앞으로 내민 채 가만히 서 있었다. 황소가 머리를 숙이고 떠받으려 할 때, 휜테스는 몸을 뒤로 젖히면서 두 팔 두 손이 거의 맞닿게 치켜 올렸다. 소창은 두 줄기의 붉은 선을 그려 냈다. 그리고 몸을 앞으로 숙이면서 황소 어깨에 창날을 박고, 황소 뿔 위로 훨씬 몸을 내맡기면서, 꼿꼿이 선 창대를 중심으로 다리를 바싹 모으고 맴돌아 몸을 한쪽으로 비틀며 황소를 맴돌렸다.

"잘한다!"

군중의 환호성.

황소는 맹렬히 떠받으면서 송어처럼 뛰어올라 네 발이 공중에 껑충 떴다. 뛸 때마다 소창의 붉은 창대가 같이 뛰놀았다.

매뉴엘은 말뚝울에 서 있었는데, 소가 오른쪽만 늘 떠받는다는 것을 발견했다.

"이번 한 쌍은 오른쪽을 찌르라고 해라."

새 소창을 가지고 휜테스에게로 달려가는 소년에게 그는 말했다.

묵직한 손이 그의 어깨에 놓였다. 쥬리토였다.

"기분이 어떤가?"

그는 물었다.

메뉴엘은 소를 지켜보고 있었다

쥬리토는 두 팔로 몸을 가누면서 말뚝울에 몸을 내밀었다. 매뉴엘이 돌아다보았다.

"잘 되어 가는군."

쥬리토는 말했다.

매뉴엘은 고개를 저었다. 다음 3회전까지는 이제 아무것도 할 일이 없었다. 집시는 소창 연기를 멋있게 하고 있었다. 다음 3회전에는 황소가 그럴 듯한 모양으로 덤벼들 것이다. 훌륭한 소다. 지금까지는 대수롭지 않은 일이었다. 장검(長劍)으로 하는 마지막 판이 그의 걱정거리였다. 실제로 걱정하고 있는 것은 아니었지만 거기 서 있자니 무거운 불안감을 느꼈던 것이다. 그는 황소를 지켜보면서, 붉은 수건으로 황소의 힘을 죽이고 다루기 좋게 하는 일, 자기가 할 마지막 연기를 계획하고 있었다.

　집시는 다시 황소를 향하여 걸어나갔다. 무도장의 댄서처럼 약올리는 듯 발 뒤꿈치와 발 끝을 번갈아 디디며 걸어나가면서, 소창의 붉은 창대를 발을 옮길 때마다 간닥간닥 움직였다. 황소는 그를 노려보았다. 소는 가만히 있는 게 아니고 그를 노리면서, 그에게 덤벼들어 뿔로 박아 줄 수 있을 때까지 가까이 다가오기를 기다리고 있었다.

　휜테스가 앞으로 발을 내디디자 소는 덤벼들었다. 소가 덤벼들자 휜테스는 사반분(四半分)의 원을 그리며 뛰다가, 소가 뒤로 지나치자 앞으로 넘어질 듯 발끝으로 서면서 똑바로 팔을 뻗어 소가 그를 놓치고 지나치는 순간, 어깨살의 탄탄한 곳에 소창을 깊숙이 꽂았다.

　관중은 열광하며 날뛰었다.

"저 녀석 야간부에 오래 있지 않을 걸."
레타나의 대리인이 쥬리토에게 말했다.
"썩 잘하는군."
쥬리토가 말했다.
"저거 보라구."
그들은 지켜보고 있었다.

훠테스는 말뚝울을 등지고 서 있었다. 두 명의 투우사 조수들이 그 뒤에 서서, 케이프를 말뚝울 너머로 던져서 황소를 괴롭힐 준비를 하고 있었다.

황소는 혀를 빼물고 배통을 벌렁이며 집시를 가만히 노려보고 있었다. 이번에는 틀림없이 잡았다고 생각했다. 뒤는 붉은 판자, 달려들 거리는 짧다. 소는 그를 노리고 있었다.

집시는 몸을 뒤로 젖히고 팔을 빼면서 소창으로 소를 노렸다. 소를 부르고 한 발을 굴렀다. 소는 의아해 했다. 사람이 욕심났다. 어깨에 창살을 받기란 이젠 딱 질색이다.

훠테스는 조금 더 황소 가까이로 다가가서 몸을 젖혔다. 다시 소를 불렀다. 관중 속에서 누군가 조심하라고 소리쳤다.

"녀석 너무 가까운 걸."
쥬리토가 말했다.
"보라구."

레타나의 대리인이 말했다.

몸을 뒤로 젖히고 소창으로 소를 놀리면서 휜테스는 두 발로 땅을 차며 뛰어올랐다. 뛰어오르는 그 순간, 꼬리를 빳빳이 세운 황소가 덤벼들었다. 휜테스는 발끝으로 내려딛고 팔을 쭉 뻗어 온몸을 활모양으로 앞으로 굽히면서 오른쪽 뿔을 피해 몸을 빼내는 찰나 창대를 내리꽂았다.

황소는 눈에 들어온 케이프가 흔들리는 말뚝울에 머리를 처박았을 뿐, 사람은 놓치고 말았다.

집시는 관중들의 갈채를 받으며 말뚝울을 따라 매뉴엘 있는 데로 달려갔다. 소뿔을 완전히 피하지 못한 조끼의 일부분이 찢겨있었다. 기쁜 나머지 이것을 관중에게 내보였다. 그는 투우장을 한 바퀴 돌았다. 쥬리토는 그가 조끼를 가리키며 미소를 짓고 지나가는 것을 보았고, 그도 미소를 지었다.

누군가 다른 사람이 최후의 소창 한 쌍을 찌르고 있었다. 그러나 아무도 주의하여 보지 않았다.

레타나의 대리인이 붉은 수건 속에 막대기를 싸넣고 수건을 접어 말뚝울 너머로 매뉴엘에게 넘겨주었다. 그리고 가죽 장검갑에 손을 넣어 장검을 꺼내자, 가죽 칼집째 말뚝울 너머로 매뉴엘에게 내어주었다. 매뉴엘이 붉은 칼자루를 쥐고 칼을 빼자 칼집이 힘없이 축 늘어졌다.

그는 쥬리토를 바라보았다. 거인은 매뉴엘이 땀을 흘리는 것을 보았다.
"자아, 이젠 죽여 버리게, 이 사람아."
쥬리토가 말했다.
매뉴엘은 고개를 끄덕였다.
"알맞게 되었어."
쥬리토가 말했다.
"자네가 바라던 그대로야."
레타나의 대리인이 그를 안심시켰다.
매뉴엘은 고개를 끄덕였다.

나팔수가, 저 높이 지붕 밑에서 마지막 연기가 시작된다는 나팔을 불고, 매뉴엘은 투우장을 가로질러 어두운 관람석 근처 회장이 있음직한 곳을 향하여 걸어갔다. 관람석 맨 앞줄에서는 엘 헤럴드의 견습 기자가 미지근한 샴페인을 길게 한 모금 들이키고 있었다. 갈겨 쓸 만한 가치도 없는지라 투우기사는 신문사에 돌아가서 쓰기로 결정했다. 도대체 이게 다 뭐란 말인가? 기껏해야 투우에 불과한 게 아닌가. 빠진 데가 있더라도 조간에서 주으면 그만이지. 그는 또 한 번 샴페인을 마셨다. 열 두시에 매심에서 여자와 만날 약속이 있다. 이 따위 투우사가 다 뭐냐? 아이들과 건달들이 아닌가. 한줌의 건달들이 아닌가. 수첩을 호주머니에 집어넣고 매뉴엘을 바라보자, 매뉴엘은 투우장에 혼자 서서, 어두워 보이지 않는 관람석 높은 데를 향해서 모자를 벗어들고 인사를 보내고 있었다. 투우장 저편에는 황소가 멍청한 눈초리로 가만히 서 있었다.

"이 황소를 회장님과 그리고 세상에서 가장 총명하고 관용한 마드리드의 시민 제위께 헌납코자 하는 바입니다."

매뉴엘은 이런 소리를 하고 있었다. 판에 박은 격식이었다. 그걸 죄다 말하는 것이었다. 야간부 용으로는 약간 길었다.

어두운 곳을 향하여 절을 하고 난 다음 몸을 꼿꼿이 세우고 모자를 어깨 너머로 집어던진 다음, 왼손에는 붉은 수건, 오른손에는 장검을 쥐고 황소에게로 걸어나갔다.

매뉴엘은 소를 향해 나아갔다. 소도 그를 바라보았다. 눈은 민첩했다. 매뉴엘은 소창이 황소 왼편 어깨에 꽂힌 채 쭉 늘어진 것이며, 쥬리토가 찌른 자국에서 피가 엉켜 번쩍이고 있는 것을 보았다. 황소 발 위치에 주의했다. 왼손에 붉은 수건, 오른손에 장검을 쥐고 앞으로 나아가면서 황소의 발 위치를 살펴보았다. 소는 발을 한데 모으지 않고선 덤벼들지 못하는 법이다. 소는 네 발을 딛고 멍청하게 서 있었다.

매뉴엘은 발을 지켜보면서 소를 향해 걸어갔다. 염려 없다, 죽일 수 있겠다. 황소가 머리를 숙이도록 해야 한다. 그래야 뿔을 비키면서 죽일 수 있는 거다. 그는 칼 생각도 하지 않고 소를 죽일 생각도 하지 않았다. 한 번에 한 가지밖에 생각하지 않았다. 그래도 여러 가지 앞일이 가슴을 억눌렀다. 황소의 발을 주시하며 앞으로 나아가면서 그는 황소의 눈, 젖은 콧등, 넓고 앞으로 내민 뿔을 차례로 보았다. 황소는 눈 언저리에 엷은 고리가 있었다. 그 눈은 매뉴엘을 지켜보고 있었다. 황소는 이 얼굴이 하얀 조그만 사내쯤이면 해치우겠다고 느꼈다.

조용히 서선, 칼에 감긴 붉은 수건을 펴고 칼끝으로 수건을 찔러, 왼손에 쥔 칼로 붉은 프란넬 수건을 범선(帆船) 삼각돛처럼 펴들고, 매뉴엘은 황소의 뿔 끝을 주시하고 있었다. 한쪽 뿔은 말뚝울에 부딪쳐 찢어져 있었고, 또 한쪽 뿔은 바늘다람쥐 바늘처럼 뾰족했다. 매뉴엘은 붉은 수건을 펴면서 뿔 뿌리의 하얀 곳이 빨갛게 피로 물들어 있는 것을 보았다. 이런 것을 살피는 동안에도 황소의 발 움직임을 놓치지는 않았다. 황소는 매뉴엘을 한결같이 지켜보고 있었다.

그놈, 이제 방어 태세를 취하고 있군, 하고 매뉴엘은 생각했다. 신중을 기하고 있는 것이다. 놈을 끌어내어 머리를 숙이도록 해 줘야지. 쥬리토가 저놈 머리를 한 번 숙이게 했으나 본래대로 돌아와 있겠다. 저놈을 달리게 하면 피를 흘려 머리를 숙이고 말 것이다.

붉은 수건을 들고 왼손에 쥔 장검으로 황소 앞에 펴

보이면서 그는 소를 불렀다.

소는 그를 바라보고 있었다.

그는 얕보는 듯 몸을 뒤로 젖히고 널따랗게 편 프란넬을 흔들어 보였다.

황소는 붉은 수건을 보았다. 아크등 불빛 아래서 고운 다홍빛으로 빛났다. 소는 다리를 팽팽히 당겼다.

이크, 온다. 황소가 달려들자 매뉴엘은 몸을 슬쩍 빼돌리고 수건을 높이 쳐들었다. 붉은 수건은 소 뿔을 스쳐 지나 머리에서 꼬리까지 널따란 잔등을 쓰다듬었다. 소는 공격하다 몸뚱이가 공중에 뜨고 말았다. 매뉴엘은 움직이지 않았다. 지나쳐 버린 찰나 황소가 모퉁이를 도는 고양이처럼 몸을 비틀자 매뉴엘과 딱 맞서게 되었다.

소는 다시 방어 태세를 취했다. 육중한 감은 없어졌다. 선혈이 검은 어깨에서 번쩍이며 흘려내려 다리로 툭툭 떨어지는 것을 매뉴엘은 알아챘다. 그는 붉은 수건에서 칼을 뽑아 오른손에 쥐었다. 수건을 왼손에 나직이 쥐고 몸을 왼편으로 기울이면서 소를 불렀다. 황소 다리는 팽팽해지고 눈은 붉은 수건을 노리고 있었다. 오냐, 이제 오는구나, 하고 매뉴엘은 생각했다. 야아!

수건을 황소 코 앞에서 휘두르며 버티고 섰다가 몸을 비틀어 소를 피하는 순간, 아크등 불밑에 한 점 빛이 되어 칼날이 곡선을 그렸다.

이렇게 '보통 돌려빼기'가 끝나자 소는 재차 덤벼들었

기 때문에, 매뉴엘은 이번에는 '가슴 돌려빼기'를 할 양으로 붉은 수건을 높이 올렸다. 황소는 단단히 버티고 섰다가 쳐든 수건 밑으로 그의 가슴을 스치면서 덤벼들었다. 매뉴엘은 고개를 뒤로 젖혀 덜꺽거리는 소창 창대를 피했다. 뜨거운 검은 황소의 몸뚱어리가 지나치면서 가슴에 닿았다.

'이건 너무 가깝군' 하고 매뉴엘은 생각했다. 쥬리토는 말뚝울에 기대서서, 케이프를 갖고 매뉴엘에게 뛰어가는 집시에게 빠른 말씨로 뭐라고 지껄였다. 쥬리토는 모자를 깊숙이 눌러쓰고 투우장 건너편 매뉴엘을 바라보았다.

매뉴엘은 붉은 수건을 나직이 왼편에 쥐고 다시 황소와 맞섰다. 황소는 수건을 보자 머리를 숙였다.

"벨몬테가 저런 재주를 했다면 미쳐 날뛸 걸."

레타나의 대리인이 말했다.

쥬리토는 아무 말도 없었다. 그는 투우장 중앙에 있는 매뉴엘을 지켜보고 있었다.

"대장이 이 친구를 어디서 찾아왔어!"

레타나의 대리인이 물었다.

"병원에서야."

쥬리토가 말했다.

"또 곧 돌아가야겠군."

레타나의 대리인이 말했다.

쥬리토는 뒤돌아 보았다.

"그걸 두들겨."(재수 없는 말을 했으니 재수 풀라는 뜻)
라고 그는 말뚝을 가리키며 말했다.

"여봐, 그저 농담이야."

레타나의 대리인이 말했다.

"그 나무를 두들기란 말야."

쥬리토가 말했다.

투기장 한 가운데서 불빛을 받으며, 매뉴엘은 무릎을 꿇고 황소와 맞서있었다. 그가 두 손으로 붉은 수건을 쳐들자 소는 꼬리를 곤두세우고 덤벼들었다.

매뉴엘은 몸을 비틀어 피했다. 재차 소가 덤벼들자 붉은 수건을 반 원형으로 휘둘러 소를 여지없이 무릎 꿇게 했다.

"아니, 아주 훌륭한 투우사로군."

레타나의 대리인이 말했다.

"아니, 그렇지 않아."

쥬리토가 말했다. 매뉴엘은 일어서서 왼손엔 붉은 수건을, 오른손엔 장검을 들고 어두운 관람석에서 울려오는 갈채에 답례를 보냈다.

황소는 무릎을 세우고 등을 구부리고 머리를 나직이 숙인 채 서서 기다렸다.

쥬리토는 나머지 두 조수들에게 뭐라고 일렀다. 그들은 케이프를 펴들고 매뉴엘 뒤로 뛰어나갔다. 이제 매뉴엘 배후에는 도합 네 사람이 있었다. 그가 맨먼저 붉은 수건을 들고 나올 때부터 헤르난데즈는 그를 뒤따르고 있었다. 훤테스는 서서 지켜보고 있었다. 키 큰 몸에 케이프를 대어 쳐들고, 유유히 졸리운 듯한 눈초리로 지켜보고 있었다. 지금 또 두 사람이 달려왔다. 헤르난데즈는 한쪽에 한 사람씩 갈라서라고 몸짓으로 지시했다. 매뉴엘은 혼자 황소와 맞서있었다.

매뉴엘은 손을 흔들어 케이프를 든 사람들을 물러서게 했다. 신중히 뒤로 물러나면서, 그들은 그의 얼굴이 창백하고 땀을 흘리는 것을 보았다.

물러서 있어야 하는 것쯤 모른단 말인가. 소가 움직이지 않고 제대로 잘 되었는데, 케이프로 눈을 끌려는 건가. 그런 것 아니라도 걱정거리야 얼마든지 있단 말이다.

황소는 네 발을 버티고 우두커니 선 채 붉은 수건을 노려보고 있었다. 매뉴엘은 그 수건을 왼손에 감았다. 소의 눈이 그것을 보고 있었다. 몸뚱이가 네 발 위에 육중하게 놓여 있었다. 머리를 나직이 숙이고 있으나 너무 얕지도 않았다.

매뉴엘은 황소를 향하여 붉은 수건을 들었다. 소는 움직이지 않았다. 눈으로만 지켜보고 있었다.

그놈은 납덩이로군, 하고 매뉴엘은 생각했다. 떡 버티고만 있어. 제대로 맞아들었군. 자아, 칼을 받아 보려무나.

그는 투우 용어로 생각했다. 때때로 무슨 생각이 떠올라도 꼭 들어맞는 속말이 얼른 떠오르지 않아 자기 생각을 표현하지 못한 적도 있었다. 그의 본능과 지식은 자동으로 작용했지만, 두뇌는 느리게 작용하여 말로 나타나는 형편이었다. 소에 관한 것은 모조리 알고 있다. 소에 관해선 생각할 필요가 없다. 곧장 행동만 하면 그만이다. 눈이 대상을 식별하고, 몸뚱이가 생각지 않아도 필요한 수단을 강구하는 것이다. 만약 생각이라도 하면 벌써 죽어 없어질 것이다.

이제 황소와 맞서자, 그는 여러 가지 일을 동시에 의식했다. 뿔이 있다. 하나는 찢어지고 또 하나는 밋밋하게 날카롭다. 왼쪽 뿔을 비켜서야 하고, 빨리 똑바로 찌를 것, 소가 따라오도록 붉은 수건을 나직이, 그리고 뿔을 내리덮듯이 황소 두 어깨가 불쑥 솟은 사이의 목덜미에 있는 5페세타 짜리만한 조그마한 점을 장검으로 힘껏 찔러야 한다. 이 모든 것을 해치워야 할 뿐더러 뿔 사이를 빠져나가야 한다. 그는 이 모든 일을 해야 한다는 것을 의식하면서도, 그는 단지 '빠르게, 똑바로'라는 한 마디 말로 생각하고 있었다.

'빠르게, 똑바로' 붉은 수건을 말면서 생각하고 있었다. 빠르게, 똑바로, 빠르게, 똑바로. 그는 붉은 수건에서 장검을 뽑아들고 찢어진 왼편 뿔을 비스듬히 비켜서

서, 붉은 수건을 나직이 내려뜨렸다. 칼 든 오른손을 눈 높이까지 올려 십자가를 그었다. 그리고 발끝으로 딛고 서서 황소 두 어깨 사이의 높이 솟아오른 그 일점에 칼날을 똑바로 겨누었다.

빠르게 똑바로, 그는 소를 향해 몸을 내어던졌다.

충격이 있자 몸이 공중으로 솟구쳐 올라가는 것을 느꼈다. 공중으로 떠올라, 위에서 칼로 힘껏 찔렀지만 칼을 손에서 놓치고 말았다. 땅에 떨어지자 소가 덮쳤다. 매뉴엘은 땅에 드러누운 채 구둣발로 황소 콧등을 차올렸다. 차고 또 차고 하자 뒤로 돌아간 소는 흥분한 나머지 머리를 쳐박고 뿔을 사장에 쳐박고 했다. 공을 연속으로 공중에 차올리는 사람처럼 매뉴엘은 황소를 차올리며, 깨끗이 한 대 떠받치는 것을 겨우 면할 수 있었다.

황소는 펄럭이는 케이프가 등뒤에서 바람을 일으키는 것을 느꼈다. 그러자 황소는 그를 넘고 질풍처럼 사라져 갔다. 소 뱃통이 넘어갈 때는 캄캄함을 느꼈다. 한 발도 짓밟히지는 않았다.

매뉴엘은 일어서서 붉은 수건을 주었다. 훤테스가 그에게 장검을 내주었다. 어깨뼈를 내리친 데가 휘어 있었다. 매뉴엘은 무릎으로 칼을 바로잡고, 죽은 말 옆에 가 서 있는 소를 향해서 달려갔다. 뛸 때 겨드랑 밑 찢어진 자켓이 너울너울했다.

"소를 거기서 쫓아 보내라."

매뉴엘은 집시에게 소리쳤다. 소는 죽은 말의 피 냄새를 맡고, 뿔로 시체를 덮은 돛배를 찌르고 있었다. 그 돛배를 갈라진 뿔에 매단 채 휜테스의 케이프를 향하여 덤벼들어 관중의 웃음을 터뜨렸다. 멀리 투우장 가운데서 소는 돛배를 떼어 버리려고 머리를 뒤흔들고 있었다. 헤르난데즈가 황소 뒷면에서 달려와 돛배 끝을 잡고 솜씨있게 뿔에서 벗겨 놓았다.

황소는 돛배를 따라가 덤빌 듯하더니 가만히 멈추고 섰다. 다시 방어 태세를 취한 것이다. 매뉴엘은 붉은 수건과 장검을 들고 황소를 향해 걸어나갔다. 소 앞에서 수건을 흔들어 보였다. 소는 덤벼들지 않았다.

매뉴엘은 소와 비스듬히 맞서며, 겨눠 쥔 날을 겨냥했다. 소는 지쳐 버린 듯 다시 덤벼들 기력이 없었다.

매뉴엘은 발끝으로 일어서자 칼을 겨누고 찔렀다.

다시 충격을 받고 호되게 뒤로 던져지는 것을 느끼는 것과 동시에 야무지게 사장에 쳐박혔다. 이번에는 차던 질 여유도 없었다. 소는 그 위에 내리덮쳤다. 매뉴엘은 팔로 머리를 감싸고 죽은 듯 누웠고, 황소는 그에게 부딪쳐왔다. 그의 등을 처박고 사장에 처박은 얼굴을 받았다. 감싼 팔 사이로 뿔이 쳐들어오는 것을 느꼈다. 소는 그의 자그마한 허리에 일격을 가했다. 얼굴이 모래사장에 쳐박혔다. 뿔이 그의 한쪽 소매를 꿰뚫어 떼어가 버렸다. 매뉴엘은 깨끗이 내던져졌고, 황소는 케이프를 따라갔다.

매뉴엘은 일어서서 칼과 붉은 수건을 찾아 엄지손가락으로 칼끝을 만져 보고, 새 칼을 가지러 말뚝울 있는 데로 달려갔다.

레타나의 대리인이 말뚝울 너머로 그에게 새 칼을 쥐어 주었다.

"얼굴을 닦아요."

그는 말했다.

매뉴엘은 소를 향해 다시 달려가면서 손수건으로 피투성이가 된 얼굴을 닦았다. 쥬리토가 보이지 않았다. 쥬리토는 어디로 갔을까?

조수들은 황소 곁에서 물러서, 케이프를 손에 든 채 대기하고 있었다. 소는 한바탕 날뛴 뒤라 다시 멍하니 그리고 육중하게 서 있었다.

매뉴엘은 붉은 수건을 들고 가까이 다가갔다. 걸음을 멈추고 흔들어 보였다. 소는 응하지 않았다. 콧등에 대고 좌우로 번갈아 흔들어 보였다. 소 눈은 그것을 지켜보고 흔들릴 때마다 움직이긴 했으나 덤벼들지는 않았다. 매뉴엘을 기다리고 있는 것이었다.

매뉴엘은 초조했다. 덤벼드는 것밖에는 별 도리가 없었다. 빠르게 똑바로, 그는 바싹 다가가 비스듬히 맞서면서 붉은 수건으로 그 앞에 십자를 그리며 달려들었다. 칼로 찌르면서 몸을 왼편으로 빼돌려 뿔을 비켰다. 소는 빠져나가고, 칼은 공중으로 튀어서 아크등 불빛에 번쩍이면서 붉은 칼자루를 드러내고 사장에 떨어졌다.

매뉴엘은 뛰어가서 그것을 집었다. 구부러져 있는 걸 무릎으로 바로잡았다. 또다시 꼼짝 않고 가만히 서 있는 황소를 향해 뛰어가는 길에 케이프를 들고 서 있는 헤르난데즈 옆을 스쳐지나갔다.

"시체나 다름없어요."

격려하듯 청년은 말했다.

매뉴엘은 고개를 끄덕이고 얼굴을 닦았다. 그는 피투성이가 된 손수건을 호주머니에 집어넣었다.

황소가 있다. 이번은 말뚝울 가까이 있군. 망할 자식, 시체나 다름없을지도 모르지. 칼로 찌를래야 찌를 데가 없는지도 몰라. 없을 리가 있나. 어디 두고 보자.

붉은 수건으로 꾀어 봤으나 소는 움직이지 않았다. 매뉴엘은 황소 코 앞에서 붉은 수건을 앞뒤로 흔들어 보였다. 아무 소용 없었다.

그는 수건을 감고 칼을 뽑아 몸을 비키면서 소를 찔렀다. 체중을 쏟으면서 칼을 찌르자 칼자루 장식이 손에 닿는 것을 느꼈다. 그러자 칼은 공중으로 튀어올라 빙글빙글 돌다 관중 속으로 떨어지고 말았다. 칼이 튀는 순간 매뉴엘은 몸을 휙 비켰다.

어둠 속에서 집어던진 맨 처음 방석은 그에게 맞지

않았다. 다음 번 것이 관중을 쳐다보던 그의 피투성이 얼굴을 때렸다. 마구 쏟아져 내려왔다. 모래사장 여기저기 흩어져 떨어졌다. 바로 가까운 줄에서 누가 빈 샴페인 병을 던졌다. 그것이 매뉴엘 발에 바로 맞았다. 그는 이런 것들이 날아오는 어둠 속을 지켜보고 있었다. 그러자 무엇인가 공중을 윙 하고 날아와 그의 바로 앞에 떨어졌다. 매뉴엘은 허리를 굽혀 그것을 집어올렸다. 그의 칼이었다. 그것을 무릎으로 바로잡고 관중에게 인사를 했다.

"고맙소."

그는 말했다.

"정말 고맙소."

아아, 더러운 개새끼들! 더러운 개새끼들! 아아, 치사하고 더러운 개새끼들! 그는 뛰어나가면서 방석을 차굴렸다.

소가 있다. 조금도 다름없군. 오냐 이 더럽고 치사한 새끼놈아!

매뉴엘은 황소 콧등 앞에서 붉은 수건을 내저었다.

아무 소용도 없다.

싫다는 게지. 오냐. 그는 바싹 다가서자 붉은 수건의 뽀족한 막대기로 황소의 축축한 콧등을 찔렀다.

뛰어서 물러나자 소는 덮쳐왔다. 방석에 걸려 넘어짐과 동시에 뿔이 자기를, 자기 옆구리를 찌르는 것을 느껐다. 두 손으로 뿔을 움켜잡고 뒤로 떠밀었다. 단단히 쥐고 떠밀었다. 소가 그를 받아서 던지는 바람에 그는 벗어났다. 그는 조용히 누워있었다. 이로써 괜찮다. 소는 가 버렸다.

그는 기침을 하면서, 지칠 대로 지쳐 녹초가 된 것을 느끼면서 일어섰다. 더러운 새끼.

"칼 줘."

그는 소리쳤다.

"얼른 가져와."

휜테스가 붉은 수건과 칼을 들고 왔다.

헤르난데즈가 그를 안았다.

"당신, 병원으로 가시오."

그는 말했다.

"어리석은 짓 작작 하구."

"비켜 서."

매뉴엘은 말했다.

"비켜나지 못 해!"

그는 몸을 비틀어 뿌리쳤다. 헤르난데즈는 어깨를 움츠렸다. 매뉴엘은 황소를 향해 달려갔다.

황소는 육중하게 당당히 버티고 서 있었다.

오냐, 이 새끼야! 매뉴엘은 붉은 수건에서 칼을 뽑아 먼저처럼 겨누고 몸뚱이째 내던지며 들어갔다. 칼이 깊숙이 들어가는 것을 느꼈다. 바로 칼자루까지 네 손가락과 엄지 손가락이 파묻혔다. 주먹에는 뜨거운 피가 느껴졌고 거의 황소를 올라타고 있었다.

그가 올라탈 때 황소는 몸을 비틀거리면서 쓰러질 듯 했다. 그는 얼른 비켜섰다. 황소가 천천히 옆으로 쓰러지며 갑자기 네 다리를 공중으로 쳐드는 것을 그는 바라보았다.

그런 다음 그는 관중에게 인사를 했다. 손은 황소의 피로 뜨거웠다.

오냐, 이 개새끼들아! 그는 뭐라고 말하려고 했으나 기침이 터져나왔다. 뜨겁고 숨 막히는 기침이었다. 그는 고개를 숙여 붉은 수건을 찾았다. 저리로 가서 회장에게 인사를 해야지. 회장은 다 뭐야! 그는 주저앉아서 뭣인가를 바라보고 있었다. 황소였다. 공중으로 쭉 뻗은 네 다리. 두터운 혀를 빼물고, 뱃통이랑 다리 밑을 꿈틀거리면서 흘러내리는 것. 죽은 소, 망할 놈의 소! 모조리 망할 것들! 그는 일어서려 했으나 또 기침이 나기 시작했다. 그는 다시 주저앉아 기침을 했다. 누가 와서 그를 끌어 일으켰다.

그들은 투우장을 가로질러 그를 병원으로 데리고 갔다. 모래사장을 달렸으나 노새들이 들어오는 동안은 길이 막혀 기다렸다. 그런 다음 껌껌한 통로 밑을 돌아 꿍꿍거리면서 계단을 올라가 그를 병원에 눕혔다.

의사와 흰 옷을 입은 두 사나이가 그를 기다리고 있

었다. 그들은 그를 수술대 위에 눕혔다. 그의 내의는 찢어져 버렸다. 매뉴엘은 피로를 느꼈다. 가슴 전체가 속에서 불타는 것 같았다. 기침을 하자 무엇인지 입에 물렸다. 모두들 몹시 분주했다.

전등에 눈에 부셨다. 눈을 감았다.

누가 육중하게 계단을 올라오는 소리가 들렸다. 그리고 그 소리는 들리지 않았다. 저 멀리서 소리가 났다. 관중의 환호성이다. 그래, 누가 또 한 마리 소를 죽여야 한다. 그의 내의를 모조리 찢어내고 의사가 그를 보고 미소를 던졌다. 레타나가 있었다.

"여어, 레타나!"

매뉴엘이 말했으나 자기 말소리가 들리지 않았다.

레타나가 미소를 지으며 뭐라고 말했다. 매뉴엘에겐 들리지 않았다.

쥬리토가 수술대 곁에 서서 의사가 수술하는 것을 들여다보고 있었다. 그는 창수의 복장을 하고 있었으나 모자는 쓰고 있지 않았다.

쥬리토가 그에게 뭐라고 말했으나 매뉴엘은 듣지 못했다. 쥬리토는 레타나에게 뭐라고 말했다. 흰 옷을 입은 한 사람이 미소를 지으며 레타나에게 가위를 내밀었다. 레타나가 쥬리토에게 넘겼다. 쥬리토가 매뉴엘에게 뭐라고 말했다. 무슨 말인지 들을 수 없었다.

빌어먹을 놈의 수술대! 전에도 수술대에 누워 본 일

은 얼마든지 있었다. 죽어가는 건 아니다. 죽어간다면 신부(神父)가 와 있을 것이 아닌가.

쥬리토가 그에게 뭐라고 말했다. 가위를 쳐들고 있었다.

옳지. 내 변발을 잘라 버리려는 게다. 내 변발을 잘라 버리려고 하는 게다.

매뉴엘은 수술대 위에서 몸을 일으켰다. 의사가 뒤로 물러서면서 성을 냈다. 누가 그를 붙들어 잡았다.

"그런 짓을 해선 안 돼, 마노스."

그는 말했다.

그는 갑자기 똑똑히 쥬리토의 목소리를 들었다.

"괜찮아."

쥬리토는 말했다.

"그런 짓 안하겠네, 장난이야."

"잘 되어가고 있었는데."

매뉴엘은 말했다.

"재수가 없었던 거야. 그것뿐이야."

매뉴엘은 드러누웠다. 그들은 그의 얼굴 위에 무엇을 덮어 주었다. 여느 때처럼 그는 깊이 숨을 들이마셨다. 아주 피곤함을 느꼈다. 몹시, 몹시 피곤했다. 얼굴에 덮었던 것을 그들은 벗겨갔다.

"잘 되어가고 있었어."

매뉴엘은 힘없이 말했다.

"훌륭하게 되어가고 있었는데."

레타나는 쥬리토를 바라보다 문을 향했다.

"난 여기 같이 있겠어."

쥬리토가 말했다.

레타나는 어깨를 움츠렸다.

매뉴엘이 눈을 뜨고 쥬리토를 바라보았다.

"난 잘 되어가고 있지 않았던가, 마노스?"

그렇다는 대답이 듣고 싶은 듯 그는 물었다.

"그럼."

쥬리토가 말했다.

"훌륭하게 되어갔댔지."

보조 의사가 매뉴엘의 얼굴에 원추형(圓錐形)으로 된 물건을 덮어 주자 매뉴엘은 깊이 숨을 들이마셨다. 쥬리토는 난처한 듯한 표정을 한 채 우두커니 지켜보고 서 있었다.

세계의 서울

세계의 서울

마드리드에는 파코라는 이름의 소년들이 많이 있다. 이 이름은 프란시스코라는 이름을 축소한 통칭이다. 그리고 마드리드 농담이란 게 있는데, 이것은 마드리드로 온 어느 아버지가 엘 리베랄 신문의 인사란(人事欄)에다,

〈파코는 화요일 열두 시에 몬타나 호텔로 나를 찾아오라, 모든 것을 용서한다. 부(父)〉라고 광고를 낸 적이 있었다. 그러자 무려 팔백 명이나 되는 젊은 애들이 이 광고에 응하여 운집하였기에 경찰 한 중대가 동원되어 이를 해산시켜야 했었다는 것이다. 그러나 여기서 말하려는 이 파코라는 소년은 루알카 여관에서 심부름하던 사환이었는데, 자기를 용서해 줄 아버지도 없었고 또 아버지가 그를 용서해 줄 아무런 까닭도 없었다. 그에겐 누이 둘이 있었는데 같은 루알카 여관에서 식모노릇을 하고 있었다. 전에 루알카에 식모로 있던 어느 여자가 열심히 일을 한 데다 정직하였고, 자기 고향 자랑을 하면서 그곳 여자들은 얌전하다고 입증한 일이 있었는데 바로 그 마을에서 왔다는 이유로 식모자리를 얻었

던 것이다. 그리하여 이 두 누이가 마드리드까지 나올 그의 버스값을 치루었고, 게다가 급사 견습생의 일자리까지 마련해 주었던 것이다. 그는 엑스투라마두와의 어느 고을 출신이었고, 그곳 형편이란 믿을 수 없을만큼 원시적이었다. 먹을 양식도 부족하고 오락이란 전연 알 바 없었다. 그는 기억할 수 있는 무렵부터 곧장 일만 죽어라고 해 왔던 것이었다.

그는 다부지게 생긴 몸집에다 머리칼은 새카맣고 곱슬머리였다. 예쁘장한 이빨에다 누이들이 늘 부러워하던 그런 고운 살결을 갖고 있었다. 그는 언제나 어리둥절하지 않은 미소를 띠고 있었다. 그는 동작이 날랬고 일도 곧잘 했다. 그리고 누이들을 지극히 섬겼다. 누이들은 예쁜 데다 약삭빨랐다. 그는 마드리드를 사랑했으며 아직도 그에겐 어떤 믿을 수 없는 고장이기도 하였다. 그는 밝은 불 밑에서 깨끗한 린넬을 들고 게다가 저녁 옷을 입고, 그리고 부엌에는 먹을 것이 흔전만전하여 낭만적으로 아름답게 보이는 자기의 일을 무척 좋아했다.

루알카에는 식사 시중을 드는 세 급사 중에서 제일 나이 어린 파코를 빼놓고도 이 집에서 살며 식당에서 식사를 하던 사람은 여덟 명에서 열두 명에 달했고, 정말 그곳에 하숙하고 있던 사람들은 투우사들이었다.

이류에 속하는 투우사들이 이 하숙집에 기숙하고 있

었다. 그 까닭은 콜 샌 제로니모라는 주소가 좋았고, 음식맛도 훌륭한데다 하숙비가 쌌기 때문이었다. 투우사는 화려한 옷차림은 아니더라도 적어도 존경받을 만한 몸차림을 하는 것이 필요했다. 왜냐하면 스페인에선 훌륭하고도 단정한 행실과 위엄은 가장 높이 평가되는 미덕으로서, 용기보다 더 높은 자리를 차지하기 때문이었다. 그래서 투우사들은 마지막 한 푼이 다 떨어질 때까지 루알카에 기식했다. 투우사치고, 루알카를 떠나 이보다 더 낫고 값비싼 호텔로 옮겨간 사람은 여지껏 한 사람도 없었다. 이류 투우사들은 도저히 일류 투우사가 되지 못했다. 그러나 루알카에서는 연락이 빨랐다. 왜냐 하면 무슨 일을 하고 있는 사람이면 누구나 유숙할 수 있었고, 이 하숙집을 경영하고 있는 여주인은 그 일이 희망이 없다는 걸 알고도 손님한테서 요구가 없으면 계산서를 내밀지 아니했기 때문이다.

이때 루알카에는 두 명의 훌륭한 창수(槍手)와 세 명의 온전한 투우사와 역시 훌륭한 투우사 조수 한 명이 기숙하고 있었다. 루알카 하숙집은 창수들과 투우사 조수들에겐 사치스런 곳이었다. 그들의 가족은 세빌이라는 곳에 있었지만, 춘계 시즌 동안에는 마드리드에 하숙할 필요가 있었던 것이다. 그러나 그들도 좋은 보수를 받았고, 다음 시즌 동안 큰 계약을 맺고 있는 투우사들의 지정 고용인이 되어 있었다. 이들 세 하급 투우사들은 어느 정식 투우사들보다도 더 많은 돈을 벌었다. 세 투우사 중 한 명은 앓고 있었는데 그걸 감추려고 애쓰고 있었다. 또 한 명은 신기할만큼의 짧은 기간 동안의 인기마저 사라져 버렸다. 그리고 세째는 겁쟁이였다.

이 겁쟁이 투우사도 한때는 완전한 투우사로서 이름을 날렸었으며, 첫 시즌이 시작되어 복부 아래쪽에 심한 뿔 상처를 입을 때까지는 극히 용감무쌍하고 유달리 노련하기도 했었다. 그래서 그는 아직도 성공을 차지했던 시절의 버릇을 버리지 못하고 그대로 지니고 있었는데 그는 지나칠 정도로 쾌활했고, 성을 내건 안 내건 늘 웃음을 띠고 있었다. 그는 성공에 날뛰고 있을 땐 실제로 농담만 일삼는 버릇이 있었지만, 이젠 그런 버릇은 다 버리고 말았다. 그들은 그가 이제 감정조차 없다고 확신했다. 이 투우사는 지적이면서도 매우 순박한 얼굴을 하고 있었다. 그리고 스타일에 골몰하여 처신했다.

앓고 있는 투우사는 매우 조심성이 있어 앓고 있다는 티를 조금도 나타내지 않았다. 식탁에 차려 나온 음식은 하나도 빼놓지 않고 조금씩은 다 입에 대보지만 지나칠만큼 소심했다. 그는 손수건도 수없이 많이 갖고 있었고, 이것을 자기 방에서 손수 빨았다. 그리고 최근에 와선 자기의 투우 옷마저 팔아치우고 있었다. 그는 크리스마스 전에 한 벌을 헐값으로 처분했고, 4월에 들어서자 첫 주일에 또 한 벌을 팔아치웠다. 투우 옷은 매우 값나가는 것이었으므로 언제나 잘 간수하고 있었다. 그는 아직도 한 벌을 더 갖고 있었다. 그가 앓아눕기 전까지는 그야말로 매우 유망했으며 한때는 일대 센세이션을 일으켰던 투우사였다. 그리고 그 자신은 일자무식이었건만, 마드리드의 데뷔에서 벨 몬트보다 더 우수했다는 신문기사를 오려 모은 스크랩을 갖고 있었다. 그는 조그마한 밥상을 받아 혼자 식사를 했고 얼굴을 쳐드는 일이란 좀체 없었다.

한편 신기하다는 이름을 날린 일이 있었던 투우사는 작달막한 키에다 고동색 얼굴을 하고 있었으나 위엄은 매우 당당했다. 그 역시 따로 밥상을 받아 식사를 했고, 미소를 띠는 일이란 극히 드물었고 웃는 일이란 전연 없었다. 그는 마드리드 출신이었고 그 고장 사람들은 매우 진실한 사람들이었다. 그는 유능한 투우사였으나, 그의 스타일은 이미 시대에 뒤떨어진 낡은 것이었다. 그러기에 용감무쌍하며 침착한 솜씨가 그의 장점이었지만, 이런 장점만으로는 세상 사람들의 사랑을 받을정도가 못 되었다. 포스터에 그의 이름이 적혀 있어도 사람들을 투우장으로 이끌지는 못했다. 그의 신기한 점이란 하도 키가 작아서 황소의 양쪽 어깨뼈 사이에 솟아오른 융기 위론 보이지 않는다는 것이었다. 그러나 키 작은 투우사들은 그 말고도 있었으므로 그는 세상 사람들의 애호를 사는 데 성공하지 못했다.

창수들 중의 한 사람은 말라빠진 매 같은 얼굴에 날씬하게 생겼으나 강철과 같은 팔다리를 갖고 있었다. 바지 아래는 늘 목축업자들이 신는 신발을 걸치고 있었고, 저녁마다 무조건 술을 마시곤 이 하숙집의 어느 여인이나 반한 눈초리로 바라보곤 했다. 다른 창수는 거인인데다 검은 갈색 얼굴에 미남자였고, 인디언처럼 새까만 머리칼에 큼직한 손을 갖고 있었다. 둘 다 위대한 창수들이었다. 다만 첫째 창수는 술과 방탕한 생활 때문에 훌륭한 솜씨를 잃게 되었다는 소문이 돌았고, 둘째 창수는 너무나 고집장이인 데다 싸움을 좋아했기 때문에 어떤 투우사하고도 한 시즌 이상 같이 일할 수가 없다는 소문이었다.

투우사 조수는 중년의 쾌활한 사나이였고, 그 나이에도 고양이처럼 재빨랐다. 그리고 식탁에 버티고 앉아 있는 꼴이란 마치 상당한 성공을 거둔 실업가연하였다. 그의 다리는 이번 시즌에서도 쓸모가 있었고, 다리만 제대로 잘 움직인다면 머리도 좋고 경험도 있고 하여 일정한 고용살이를 오랫동안 해 나갈 수 있었다. 달라질 것은 그의 빠른 발 동작이 사라질 때로, 늘 자신만만하게 굴던 투우장 안팎에서 겁에 질려 놀랄 것이라는 것이다.

이날 저녁에도 다들 식당에서 나갔는데도 술 잘하는

매 같은 얼굴의 창수와, 시장 바닥에서 혹은 스페인 축제일에 시계를 경매하는 사마귀 달린 주정꾼과, 구석 식탁에 자리를 잡고 대단치는 않으나 상당한 양의 술을 마시고 있던 갸리시아 출신의 두 사제(司祭)만이 남아 있었다. 그 당시 술값은 루알카 하숙비에 포함되어 있었다. 급사들은 발데페냔 주 세 병을 경매인 식탁에, 다음에는 투우사의 식탁에, 마지막엔 두 사제 앞에 갖다놓았다. 세 명의 급사들은 방끝에 서 있었다. 그들이 각기 맡아보고 있는 식탁이 다 빌 때까지 손님 시중을 드는 것이 이 집의 규칙이었다. 그러나 사제 두 사람의 식탁을 돌보고 있던 한 급사는 노동조합 지상주의 운동 대회에 참가할 약속이 있어서 파코가 그가 맡은 식탁까지 떠맡기로 했다.

이층에선 앓고 있는 투우사가 얼굴을 침대에 파묻고 홀로 누워있었다. 이젠 신기롭다는 이름도 없어지고 만 투우사는 창밖을 내다보며 카페라도 나가 볼 차비를 하고 있었다. 겁장이 창수는 파코의 큰 누이를 자기 방에 데려다 놓고 무엇을 시키려고 애쓰고 있었고, 상대편은 웃으면서 이를 거절하고 있었다. 이 투우사는,

"이봐, 이리 좀 오라니까."

하고 말했다.

"안 돼요."

누이가 말했다.

"제가 왜 간대요?"
"부탁이야."
"당신은 식사를 마쳤으니 이젠 나를 디저트로 하실 작정이군요."
"한 번만. 무슨 일이 있을라고."
"이대로 두세요. 제발 가만히 두시라니까요."
"극히 사소한 일이야."
"혼자 내버려두라니까요."

아래층 식당에서는 회합 시간에 늦은 제일 키 큰 급사가
"저 검은 돼지 같은 놈들, 술 마시는 꼴 좀 보렴."
하고 말했다.
"그렇게 말하는 게 아냐. 저분들은 점잖은 단골손님들이야. 그다지 많이 마시지도 않지."
둘째 급사가 말했다.
"나야 그렇게 말해도 괜찮아. 스페인에는 저주할 게 두 가지가 있단 말야. 하나는 투우고 다른 하나는 중이란 말야."
키 큰 급사가 말했다.
"그러나 투우든 중이든 하나하나 따져보면 그렇지도 않아."
둘째 급사가 말했다.
"그럼."

키 큰 급사가 말했다.

"개인을 통해서만 전체 계급을 공격할 수 있지. 투우든 승려든 하나하나 죽이는 것이 필요해. 모조리 다 죽이는 게. 그러면 그 이상 더 없게 되지."

"그것은 회합을 위해서 남겨 두지."

다른 급사가 말했다.

"마드리드의 만행을 좀 보렴."

키 큰 급사가 말했다.

"지금이 열한 시 반이 다 됐는데도 아직 고래같이 마시고 있으니 말야."

"열 시에 겨우 식사를 시작했거든."

다른 급사가 말했다.

"아직 요리접시가 많이 남아있잖어. 술값은 싼데다 그 술값도 다 치룬 셈이고 또 독한 술도 아니니까."

"당신 같은 어리석은 노동자가 있으니 어찌 일치단결이 될 수 있냔 말이오?"

키 큰 급사가 말했다.

"여보게."

나이 오십을 넘은 둘째 급사가 말했다.

"나는 평생을 두고 일만 해왔네. 나머지 여생 동안도 일을 해야 해. 그래도 일에 대해선 아무런 불평도 없단 말이야. 일하는 게 정상적이란 말야."

"그럼요, 하지만 일이 없으면 사람 죽이지요."

"나는 늘 일만 해왔단 말야. 자넨 회합에나 나가려무나. 여기 있을 필요가 없잖은가?"

나이 많은 급사가 말했다.

"당신은 훌륭한 동지죠. 그러나 이데올로기가 전연 없단 말이오."

키 큰 급사가 말했다.

"일이 없는 것보단 이데올로기가 없는 편이 더 낫단 말야. 회합에나 어서 나가세."

나이 많은 급사가 말했다.

파코는 아무 말 없었다. 그는 정치라는 것을 아직 이해하지 못하고 있었다. 그러나 키 큰 급사가 사제니 경찰이니 하는 따위는 죽일 필요가 있다고 말하는 것을 들을 때마다 소름이 끼쳤다. 키 큰 급사는 그에게 혁명이란 것을 가르쳐 주었고, 혁명은 또 낭만적인 것이라고 이야기해 주었다. 그 자신은 선량한 가톨릭 신자도 혁명주의자도 되고 싶었고, 게다가 이와 같은 착실한 일도 가지면서 동시에 훌륭한 투우사도 되고 싶었다.

"다들 회합에나 나가세요. 제가 다 맡아서 할 테니까요."

그는 말했다.

"우리 둘이서."

나이 많은 급사가 말했다.

"혼자서도 넉넉합니다. 어서들 회합에 나가시지요."

파코가 말했다.

"야 고마와, 참 고맙구나."

키 큰 급사가 말했다.

그 동안 이층에서는 파코의 누이가 그 창수의 포옹에서 마치 씨름꾼이 살짝 몸을 비켜나오듯 교묘히 빠져나와 발끈 화를 내면서,

"이 사람들은 굶주린 자들인가 봐. 망할 놈의 투우사들이, 겁만 잔뜩 남아 있는 양반이, 그런 용기가 있다면 투우장에서 한번 멋있게 써 보시지."

하고 쏘아붙였다.

"그건 창부가 말하는 투야."

"창부도 여자예요. 하지만 나는 창부는 아니예요."

"너도 창부감이야."

"당신과는 어림도 없지요."

"나가라, 나가."

이제는 약이 오른 데다 거절까지 당하고 게다가 자기의 비겁함이 그대로 드러난 것을 느낀 투우사가 소리쳤다.

"나가라면 못 나갈 게 뭐 있겠어요. 하지만 이불은 깔아드려야죠. 그건 내 할 일이니까요."

파코의 누이는 말했다.

"나가라니까."

투우사는 넓죽이 잘생긴 얼굴을 울상으로 찡그리면서,

"창부년, 이 더러운 창부년."

하고 울부짖었다.

"투우사님."

파코의 누이는 문을 닫으면서 말했다.

"나의 투우사님."

투우사는 방안 침대 위에 앉아있었다. 그의 얼굴은 여전히 찡그린 채였다. 이 찡그린 얼굴도 한때 투우장에선 한결같은 미소를 지어 첫줄 좌석의 관람자들을 놀라게 했던 것이다.

"이년이!"

그는 큰 소리로 부르짖고 있었다.

"이년이, 이년이!"

그는 자기가 명성을 날렸을 때를 기억할 수 있었다. 그때는 불과 지금으로부터 삼 년 전의 일이었다. 그는 오월 어느 무더운 날 오후, 저 무거운 금란(金蘭)으로 만든 투우옷이 자기 어깨를 묵직이 억누르던 그 무게를 기억할 수 있었다. 그리고 그가 황소를 죽이려고 덤벼들자 아래로 숙인 저 널따랗고도 나무 소리가 나는 끝이 갈래갈래 찢어진 뾰족한 뿔 위, 짧은 털이 시꺼먼 살덩어리의 먼지가 뿌연 어깨 윗부분을 칼날에 불쑥 찔렀던 것에 얼마나 한숨을 쉬었던가. 그리고 그 단단한 살더미 속으로 칼날이 얼마나 쉽게 쑤욱 들어갔던가. 그때 그의 왼쪽팔은 나직이 교차되고 왼쪽 어깨는 앞으로 기울어지자 몸무게가 왼발에 걸렸다가 그 다음엔 다리 위에 걸리지 않았던 것을 기억할 수 있었다. 그의 무게는 아랫배 쪽에 걸려있었고, 황소가 머리를 쳐들자 뿔이 눈에 띄지 않았고, 사람들이 자기를 잡아당기기 전에 두 번이나 그는 그 위에서 뒤흔들렸던 것이다. 그래서 지금은 그가 황소를 죽이려 덤벼들 땐, 이것은 매우 드문 일이었지만, 그는 뿔을 쳐다볼 수 없었다. 그리고 그가 싸우기 전에 무엇을 겪었는지 어떤 창부인들 알겠는가. 그리고 자기를 비웃고 있는 저자들도 대체 무엇을 겪어왔단 말인가. 그자들은 다 창부다. 그것으로 참을 수 있겠지.

아래층 식당에서는 창수가 사제들을 쳐다보며 앉아있었다. 방안에 만약 여자들이 없는 날이면, 영국인 같은 외국인이라도 흥겨웁게 빤히 지켜보았을 것이다. 그러나 여자도 외국인도 그 자리엔 없었기에 그는 지금 두 사람의 사제들을 재미나는 듯 거만스럽게 응시하고 있었다. 그가 뚫어져라 지켜보고 있는 동안 사마귀 달린 경매인은 일어서서 냅킨을 접고 그가 주문한 마지막 술병을 반 이상이나 그대로 남겨둔 채 가버렸다. 만일 루알카에서 그 계산이 이미 되었더라면 그는 그 술병 밑바닥까지 다 따라마셨을 것이다.

두 사제들은 창수를 응시하지 않았다. 그 중 한 사제는 "그 사람을 만나려고 여기 와서 기다린 지 열흘이나 되었소. 온종일 객실에서 앉아있었지만 그 양반은 나를 만나주려 하지 않거든요."

하고 말했다.

"무슨 할 일이 있으신지요?"

"아무것도 아니오. 뭣을 할 수 있어요? 당국에 거역할 순 없거든요."

"나는 여기 온 지 벌써 두 주일이 되었소. 그런데 한 것이란 아무것도 없단 말이오. 나는 기다리고 있지만 그 사람들은 나를 만나주려 하지 않아요."

"우린 버림받은 나라에서 왔나 보오. 돈이나 다 떨어지면 되돌아가야죠."

"버림받은 나라로 말이죠. 마드리드는 갸리시어에 대해서 무엇을 상관한단 말이오? 우린 가난한 관구(管區)이니 말이오."

"사람들은 우리의 바시리오 사제의 행동을 이해하고 있지요."

"그래도 나는 바시리오 알봐레즈의 총명을 정말 신뢰할 수는 없소."

"마드리드란 사람 깨는 곳이지요. 마드리드는 스페인을 망치고 있죠."

"그 사람들이 한 번이라도 본 연후에 거절이라도 한다면."

"아니요. 당신은 기다림으로써 실망하고 지치고 말겁니다."

"글쎄 어디 두고 봅시다. 나도 다른 사람들처럼 기다

릴 수 있으니 말이오."

그때 창수가 자리에서 일어나 사제들의 식탁으로 건너갔다. 그리고 반백의 매 같은 얼굴을 하고 버티어 선 채 그들을 빤히 치켜보며 미소를 던지는 것이었다.

"투우사군,"

한 사제가 다른 사제에게 말했다.

"건데 좋은 놈이군."

창수는 뇌까리면서, 식당 밖으로 걸어나갔다. 쥐빛깔의 자켓을 걸치고 허리는 날씬하며 다리는 앙가발이이고 몸에 꼭 낀 바지를 입고 있었다. 그 아래는 발굽이 높은 건축업자들이 신는 신발을 신고 있었고 그 신발로 마룻바닥을 쿵쿵 구르면서, 반면에 미소를 짓고 꽤 점잖게 뻐기며 걸어나갔다. 그는 개인의 능력으로 이루어진 작고 야무진 직업 세계 속에 살고 있었다. 그는 밤마다 얼근하게 취해선 득의만면하여 오만하게 함부로 굴었다. 이제 그는 담배에 불을 댕기고 현관 복도에서 모자를 한쪽 모로 비스듬히 고쳐쓰고 카페를 향해 나갔다.

창수가 밖으로 나가자, 사제들도 자기네들이 식당 안에 남아있는 마지막 사람인 걸 황급히 깨달았음인지 그의 뒤를 이어 얼른 식당에서 나왔다. 이제 식당 안에 파코와 중년 급사 이외에는 아무도 없었다. 그들은 식탁을 치우고 술병을 부엌에 갖다놓았다.

부엌에는 접시 씻는 소년이 있었다. 그는 파코보다

세 살 위였는데 비꼬기 좋아하는 지독한 인간이었다.

"이 잔 들게."

중년 급사가 말하면서 발데페난 주(酒) 한 잔을 따라 그에게 줘어 주었다.

"네, 들지요."

소년은 술잔을 냉큼 받았다.

"파코 자네도 한 잔?"

나이 많은 급사가 물었다.

"고맙습니다."

파코는 말했다. 셋이서 술을 마셨다.

"자아, 난 가겠어."

중년 급사가 말했다.

"안녕히 가시오."

그들은 그에게 말했다.

그는 밖으로 나갔다. 그들만이 남아있었다. 파코는 사제 한 분이 사용했던 냅킨을 들고 똑바로 서서는, 발뒤꿈치로 딱 버티고 냅킨을 아래로 내리었다. 그런 다음 머리 속에서 동작을 그리면서 서서히 움직이는 회전술을 하면서 팔을 흔들었다. 그는 돌아서서 오른발을 앞으로 가볍게 내밀고 두 번째 패스를 했다. 그 다음에는 가상적인 황소에 다소의 지세(地勢)를 얻어 세 번째 패스를 했다. 느리고 완전히 시간에 들어맞은 기분 좋은 패스였다. 그는 다시 냅킨을 허리에 모으고, 반회전술로 엉덩이를 살짝 황소에게서 빼돌렸다.

이름은 앤리크라고 하는 접시닦기 소년은 파코가 하고 있는 짓을 비판적으로 그리고 경멸하며 쳐다보고 있었다.

"황소는 어때?"

그가 말했다.

"굉장히 용감해."

파코는 말했다.

"자아 보렴."

날씬하게 똑바로 서선, 네 번 더 온전한 패스를, 그것도 아주 미끈하고 고상하게 그리고 점잖게 해치웠다.

"그리고 황소는?"

수채를 등지고 서 있던 앤리크가 술잔을 쥐고 앞치마를 걸친 채 말했다.

"아직도 가스가 많아."

파코는 말했다.

"구역질 나."

앤리크가 말했다.

"왜?"

"이봐."

앤리크는 앞치마를 벗어 버리고 가상적인 황소의 보기를 들면서, 완전하고 노곤한 회전술을 네 번 조작하고는 황소를 비켜 걸어나오면서, 앞치마를 황소의 콧등을 스쳐 굳은 호선(弧線)을 그리며 흔드는 레보페라로써 끝을 맺었다.

"그걸 봐."

그가 말했다.

"난 접시나 씻겠어."

"왜?"

"무서워."

앤리크는 말했다.

"투우장에서 황소와 마주칠 때 느낄 그와 같은 무서움이야."

"아냐."

파코는 말했다.

"난 무서워하지 않을 걸."

"제기랄 걸."

앤리크는 말했다.

"누구나 다 무서워하는 걸. 하지만 투우사는 황소를 다룰 수 있도록 공포를 억제할 수야 있지. 나는 아마추어 시합에 나간 일이 있었지. 건데 하도 무서워서 그만 도망치지 않을 수 없었어. 다들 우습다고 생각했을 거야. 그러니까 자네도 필시 무서워할 거야. 만일 무서운 것이 없다면야, 스페인의 구두닦이들도 죄다 투우사가 될 걸. 자네 같은 시골뜨기야 나보다 곱절이나 더 무서워할 걸."

"천만에."

파코는 말했다.

그는 이 투우 노릇을 자기 상상에서 너무나 여러 번 해 왔던 것이다. 너무나도 자주 그는 황소의 뿔을 보았고, 황소의 젖은 콧등을 보았고, 푸뜩푸뜩 귀를 경련시키며 머리를 수그리고 돌진해 오는 것을 여러 번 보아 왔던 것이다. 그뿐인가. 발굽을 쿵쿵거리며 케이프를 휘두르면 성난 황소가 자기 옆을 스쳐 지나가고, 다시 케이프를 휘두르면 또 돌진해 오고, 또 휘두르면 공격해 덤벼드는 것을 보아왔던 것이다. 그러다가 급기야 그의 큼직한 반회전술로 황소를 자기 주위에 휘감기게 하고 그 다음 아슬아슬한 패스에서 황소의 머리칼이 자기 자켓의 금 장식에 걸리게 하고선, 몸을 내저으며 걸어나오면 황소는 최면술에 걸린 듯 멍청하니 서 있고 관중은 박수갈채를 보냈던 것이다. 천만에, 그는 무서워하지 않을 것이다. 그럼, 다른 사람들이야 무서워하겠지. 하지만 자기는 그렇지 않다. 그는 잘 알고 있었다. 무서워하지 않으리라는 것을 잘 알고 있었다. 설혹 무서워한들 어떻게든 해치울 수 있으리라는 걸 알고 있었다. 그는 자신이 만만했다.

"나는 무서워하지 않을 걸."

그는 말했다.

앤리크는 다시

"제기랄 걸."
하고 말했다.
그런 다음 그는 말했다.
"어디 한 번 해 볼까?"
"어떻게?"
"이봐."
앤리크가 말했다.
"자넨 황소는 생각하지만 황소의 뿔은 생각하지 않거든. 황소란 힘이 하도 세어 뿔은 마치 칼처럼 날카롭게 찢는단 말이야. 마치 총검처럼 쑥 쑤신단 말이야. 마치 곤봉처럼 죽인단 말이야, 이봐."
하고 그는 테이블의 서랍을 열고 두 개의 식도를 꺼내었다.
"이 칼을 의자 다리에다 매달고 내가 의자를 내 머리 앞에 쳐들고 황소 모양을 하지. 이 칼이 뿔이란 말이야. 만일 자네가 그런 패스를 한다면 알아볼 거란 말이야."
"앞치마를 빌려 줘."
파코가 말했다.
"식당에서 그걸 해 보자."
"안 돼."
앤리크는 갑자기 부드러워져서는
"하지마, 파코."
라고 말했다.

"해 보겠어."
파코는 말했다.
"난 무섭지 않아."
"같이 덤벼드는 걸 보면 겁이 날 거야."
"어디 두고 보자니까."
파코는 말했다.
"앞치마를 빌려 줘."

이때 앤리크는 날은 뭉뚝하나 면도날처럼 뾰족한 두 개의 식도를 의자 다리에 더러워진 냅킨으로 칼자루 반까지 단단히 싸서 꽁꽁 붙들어매고 있었다. 그 동안 파코의 누이들인 두 식모는 〈안나 크리스티〉의 그레타 가르보를 보러 영화관으로 가는 길이었다. 두 명의 사제 중 한 사람은 샤쓰 바람으로 앉아선 성무일과서(聖務日課書)을 읽고 있었고, 다른 사제는 자리옷으로 갈아입고 매괴경(玫瑰經)의 기도를 올리고 있었다. 앓고 누워 있는 투우사 외의 다른 투우사들은 풀노 카페에서 그들의 밤 자태를 나타내고 있었다. 거기서 거인이며 새까만 머리칼의 소유자인 창수도 당구를 치고 있었고, 키 작은 착실한 투우사는 한 잔의 밀크커피를 앞에다 놓고 중년의 투우사 조수와 그 밖에 근실한 노동자들과 나란히 복잡한 테이블에 앉아있었다.

주정꾼이며 반백머리의 창수는 카자라브랜디 한 잔을 앞에다 놓고, 이미 용기도 다 사라진 투우사가 다시 투우사 조수가 되고자 칼을 버리고 만 다른 투우사와 살림에 시달린 듯한 창부 둘을 거느리고 앉아있는 그쪽 테이블을 재미나는 듯 응시하고 있었다.

경매인은 길 모퉁이에 서서 친구들과 이야기를 주고받고 있었다. 키 큰 급사는 노동조합 지상주의 운동 회합에서 발언할 기회를 노리고 있었고, 중년 급사는 알바레즈 카페의 노대(露臺)에 자리잡고 맥주를 들이키고 있었다. 루알카 하숙집 여주인은 이미 잠자리에 들어가 꿈나라를 달리고 있었으며 길다란 밑자리 베개를 두 발 사이에 끼고 반듯이 드러누워 자고 있었다. 몸집은 크고 뚱뚱하며, 깨끗하고 정직하고 태평이었다. 그리고 매우 종교적이며, 20년 전에 죽었다는 남편을 매일 그리워하며 기도를 올리는 것을 잊지 않았다. 병석에 누워있는 투우사는 자기 방에서 홀로 손수건을 입에다 갖다 대고선 엎드려 자고 있었다.

이제 아무도 없는 식당에선, 앤리크가 칼을 의자 다리에 붙들어 매던 냅킨으로 마지막 마디를 불끈 묶고선 의자를 번쩍 치켜들었다. 그는 의자의 칼 달린 다리 쪽을 앞으로 내밀고, 두 개의 칼이 똑바로 앞을 가리키고 자기 머리 양쪽에 칼 하나씩이 뾰족이 나오게 하여 의자를 머리 위로 쳐들었다.

"아이, 무거워."

그는 말했다.

"이봐 파코. 매우 위험해, 하지 마."

그는 땀을 흘리고 있었다.

파코는 일어서며 그와 맞섰다. 앞치마를 펴들고 양가장자리를 접어 손에 꽁꽁 동여매고, 엄지손가락은 위로, 둘째 손가락은 아래로 향하게 하여 황소의 눈을 잡으려는 듯 펴들었다.

"똑바로 돌진해 봐."

그는 말했다.

"황소처럼 빙빙 돌아라. 얼마든지 덤벼들어라."

"언제 패스를 하는지 어떻게 알지?"

앤리크가 물었다.

"세 번하고 그 다음에 중간 패스를 하는 게 낫겠다."

"됐어."

파코는 말했다.

"그러나 똑바로 돌진해 봐. 흥, 자아 덤벼들어, 요 불쌍한 황소."

머리를 숙이고 앤리크는 그에게로 달려갔다. 파코는 칼이 자기 배 바로 앞을 스쳐 지날 때 앞치마를 칼 앞에 내흔들었다. 칼이 스치자 그에겐 정말 뿔같이 보였다. 시퍼렇게 뾰족 나온 맨들맨들한 뿔 같았다. 앤리크가 그를 보내고 다시 되돌아 돌진하여 올 때 쿵 하고 옆을 스쳤던 것은 황소의 따끈한 피투성이의 옆구리였다. 그러자 황소는 고양이처럼 되돌아 다시 공격해 왔다. 돌진해 오는 칼끝을 치켜 보자 그는 왼발을 더 앞으로 내밀었다. 칼은 지나치지 않고 마치 포도주 가죽 포대를 쑤시듯 쉽게 미끄러져 들어갔다. 그러자 갑자기 굳어진 강철의 내부 위쪽과 언저리에서 뜨거운 것이 솟아올랐다. 앤리크는 부르짖었다.

"아이, 아이, 뽑을 뽑게, 뽑을 뽑아!"

그러자 파코는 의자 쪽으로 미끄러졌다. 앞치마는 여전히 손에 쥔 채 앤리크는 칼이 그에게, 그에게, 파코에게로 들어가고 있을 때 의자를 잡아당기고 있었다.

칼은 이제 빠져 나왔다. 그는 점점 넓어가는 따스한 웅덩이에 싸여 마룻바닥에 주저앉았다.

"냅킨을 갖다대고 꼭 잡고 있어."

앤리크가 말했다.

"꼬옥 쥐고 있어, 의사를 불러 올 테니. 출혈을 막아야해."

"고무 컵이 있을 텐데."

파코는 말했다. 그는 투우장에서 그것을 사용하는 것을 보았던 것이다.

"곧 올께."

앤리크는 울며 말했다.

"난 위험하다는 걸 보이려고 했을 뿐인데."

"걱정마."

"그러나 의사는 데리고 와."

투우장에선 사람들이 들어와 수술실로 운반해 가지. 그리고 만일 수술실에 닿기도 전에 넓적다리 동맥의 피가 다 흘러 없어지게 되면 그들은 사제를 불러오지.

"사제 한 분께 통지해 줘."

파코는 아랫배를 냅킨으로 꼬옥 누르며 말했다. 이런 일이 일어나리라곤 꿈에도 생각지 않았다.

그러나 앤리크는 카레라 샌 제로미노를 뛰어내려가 야간 응급치료소로 달려갔다. 그 동안 파코는 처음에는 혼자서 일어나 앉았다. 다음 순간 몸을 움츠리고 이내 마루 위로 푹 쓰러졌다. 드디어 목숨이 끊어질 때까지 그는 자기의 생명이, 마치 더러운 물이 마개를 뽑고 나면 욕탕에서 싸악 빠져나가듯 자기 몸에서 날아가는 것을 느끼고 있었다. 그는 놀랐고 한편 현기증을 느꼈다. 그는 회오의 말을 중얼거리려고 했다. 처음 시작이 생각났다. 그러나,

"오오, 하나님이시여, 저의 온 사랑이신 하나님을 노하게 하여 죄송하기 짝이 없사오며 이제 단호히 결심하기를—"

하고 채 말하기도 전에 그는 실신할 것 같은 현기증을 느껴 그만 얼굴을 아래로 푹 숙이고 말았다. 죽음은 매우 빨리 닥쳐왔다.

끊어진 넓적다리의 동맥은 믿을 수 없을 만큼 빨리 텅 비고 말았다.

응급치료소의 의사가 앤리크의 팔을 붙잡고 있는 순경 한 명을 데리고 계단을 올라오고 있을 때, 파코의 두 누이는 아직도 그랜비어 궁전에서 영화를 구경하고 있었다. 그들은 갈보 영화에 크게 실망을 느꼈다. 그 영화는 굉장한 사치와 화려 속에 둘러싸여 있는 것을 보고 오는데 익숙한 그들에게 그 위대한 여배우가 비천한 환경 속에서 뒹구는 것을 보여주는 것이었다. 모든 관중이 이 영화를 정말 싫어했다.

 그래서 휘파람을 불며 발을 동동 구르며 항의했다. 호텔의 다른 손님들도 이 사건이 일어났을 때에 하고 있던 짓을 거의 그대로 계속하고 있었다. 다만 그 두 사제들만은 그들의 기도를 끝내고 잠자리에 들어갈 채비를 하고 있었고, 반백머리의 창수는 두 창부들이 있는 테이블로 자리를 옮겨 무조건 술을 마시고 있었다. 조금 후 그는 그중 한 창부를 데리고 카페를 나왔다. 그 창부는 바로 용기를 잃고만 그 투우사가 술을 사 준 여인이었다.

 소년 파코는 이런 일에 대해서 알 리 만무했고, 더욱이 이 사람들이 다음 날, 아니 닥쳐 올 미래에 무슨 짓을 할지 알 까닭이 없었다.

 정말 어떻게 살고 있는지, 또한 어떻게 생애를 끝마치고 있는지 전연 알지 못했다. 그는 그들이 끝장을 짓고 있다는 것도 깨닫지 못했다.

그는 죽었다. 스페인의 속담에도 있듯이 한 많은 환상을 가득히 지닌 채 죽고 말았다.

그는 인생에서 그 무엇이든 잊어버릴 시간의 여유가 없었고, 심지어 그의 종막에 이르러서도 회오의 행위마저 끝낼 시간이 없었다.

그는 연 일 주일 동안이나 마드리드의 온 시민들을 실망케 한 그 갈보 영화에 대해 실망해 볼 시간조차 갖지 못했던 것이다.

세상의 빛

제왕의 꿈

세상의 빛

 우리가 문간에 들어서는 것을 보자마자, 바텐더는 이내 손을 뻗쳐 유리 뚜껑을 집어 점심 요리가 담겨있는 두 쟁반을 덮어 버렸다.
 "맥주 한 잔 줘요."
 나는 말했다. 그는 맥주를 따르고 주걱으로 위에 뜬 거품을 걷어내더니 그대로 잔을 들고 있었다. 물통 위에 오 센트 짜리 하나를 내놓자 그는 잔을 내 앞으로 내밀었다.
 "무얼로 할까요?"
 이번에는 톰에게 물었다.
 "맥주 줘요."
 그는 남은 맥주를 따르고 역시 거품을 거둔 뒤 돈을 보자 잔을 불쑥 톰에게로 내밀었다.
 "이거 왜 이래?"
 톰이 물었다.
 바텐더는 아무런 대꾸도 하지 않았다. 다만 우리들 머리 위를 넘겨다볼 뿐으로, 그때 이미 들어온 다른 손

님을 보고,
"무얼 드실까요?"
하고 물었다.
"위스키─"
 손님이 말했다. 바텐더는 술병과 잔과 냉수 한 컵을 내놓았다. 톰은 손을 뻗쳐 쟁반을 덮은 뚜껑을 열어 보았다. 쟁반에는 삶은 돼지다리와 그것을 집을 수 있도록 끝이 나무로 된 두 개의 포크가 달린 가위처럼 생긴 젓가락이 들어 있었다.
"안 됩니다."
 바텐더는 말하면서 유리 뚜껑을 도로 쟁반에 덮었다. 톰은 나무젓가락을 손에 들고 있었다.
"도로 갖다 넣으시오."
하고 바텐더는 말했다.
"여긴 술집이 아닌가?"
 톰이 말했다.
 바텐더는 우리 두 사람을 지켜보면서 한 손을 목로판 밑으로 내밀었다. 내가 오십 센트를 물통 위에 놓으니까 그는 이내 몸을 반듯하게 일으켰다.
"무얼 드셨지요?"
 그는 물었다.
"맥주야."
 내가 말하자 그는 잔을 따르기 전에 쟁반 뚜껑을 둘

다 열어 보였다.

"제기랄, 이놈의 돼지다리 썩었군."

톰은 말하면서 입에 넣었던 고기를 땅바닥에 뱉어 버렸다. 바텐더는 아무런 대꾸도 없었다. 위스키를 마신 사나이는 술값을 치루자 뒤도 안 돌아보고 그냥 그대로 나가 버렸다.

"너야말로 썩었어."

바텐더는 말했다.

"모두들 썩어빠진 놈들이야."

"이것 봐라, 우릴 보고 썩어빠진 놈이라네."

톰이 나에게 말했다.

"이봐, 나가자꾸나."

나는 말했다.

"염병할 놈들, 당장 나가라, 나가."

바텐더는 소리쳤다.

"그러잖아도 나간다지 않아."

나는 말했다.

"나가라고 해서 나가는 게 아냐."

"갔다 또 올 테야."

톰이 말했다.

"안 돼, 또 오기만 해 봐라."

그는 톰에게 쏘아붙였다.

"그자 참 악질인데."

톰은 나에게로 얼굴을 돌렸다.
"자, 가세."
나는 끌었다.
밖은 기분 좋은 데다 어두웠다.
"제기랄, 여기가 도대체 어디냐?"
톰은 물었다.
"난들 아나, 자 정거장으로 가자."
결국 우리는 그 마을에, 저쪽 끝에서 들어와 이쪽 끝으로 나가고 있는 참이었다. 이 마을에서는 짐승의 가죽과 가죽을 무두질하는 냄새와 톱밥 냄새가 코를 찔렀다. 마을에 들어섰을 때 해가 어슬어슬해지더니 이젠 제법 어두워지고 날씨마저 추워져, 길가에 군데군데 고인 물들이 얄팍하니 살얼음을 이루고 있었다.

정거장에 다다르자 들어오는 기차를 기다리고 있는 다섯 명의 창녀와 여섯 명의 백인, 그리고 네 명의 인디언이 있었다. 혼잡한 정거장은 달아오른 난롯불로 인해 더웠고, 매캐한 연기가 자욱이 차 있었다. 우리가 들어섰을 땐 누구하나 지껄이는 사람 없었고, 매표구는 닫힌 채로 있었다.

"문 닫지 못하는가?"
그 중 한 사람이 소리쳤다. 누군가 하고 살펴보니 백인 중의 한 사람이었다. 그는 배우들이 입는 바지를 입고 재목상들이 신는 고무신을 신고, 여느 사람들 같이 인디언 셔츠를 입고 있었다. 그러나 모자는 쓰지 않았고, 얼굴은 희고 손은 가늘고 핏기가 없어 보였다.
"그래, 문을 안 닫겠는가?"
"닫지요."
하고 말하면서 나는 문을 닫았다.
"고맙네."
그는 말했다. 그 중 한 사람이 킥킥 웃어댔다.
"쿡 양반하고 한 번 맞서 본 일이 있는가, 자네?"
그는 나에게 물었다.
"아니 없습니다."
"쿡 양반하고 어디 한 번 맞서 보지. 그따위 짓을 하기 좋아하니깐."
그는 쿡을 쳐다보면서 말했다.
쿡은 입술을 꼭 다문 채 그를 외면해 버렸다.
"레몬 주스를 손바닥에 바른다니까 글쎄. 설겆이 물에 손을 넣는 법이란 절대로 없지. 저것 봐, 얼마나 손이 깨끗한가."
그 사나이는 수다를 떨었다.
한 창녀가 한바탕 크게 웃어댔다. 창녀치고, 아니 여자치고 이토록 몸집이 큰 여자는 생전 처음 보았다. 그 중 두 창녀도 그녀 못지않게 몸집이 뚱뚱했다. 큰 여인의 무게는 틀림없이 삼백 오십 파운드는 될 성싶었다. 실제로 눈으로 보지 않고는 누구나 거짓말인 줄 알 것이다. 셋이 다 바래기 쉬운 명주옷을 입고 있었다. 그들은 벤치에 나란히 앉아 있었다. 그야말로 여장부들이었다. 나머지 두 창녀는 표백한 금발머리에 수수한 생김새였다.

"저 손 좀 봐."

사나이는 말하면서 쿡 쪽으로 머리를 끄덕였다.

처음 창녀는 온몸을 흔들면서 또다시 웃어댔다.

쿡은 뒤돌아서 갑자기 쏘아붙였다.

"징그럽게! 고기덩어리 같은 년."

그러나 그녀는 여전히 커다란 몸집을 내흔들며 연상 웃을 뿐이었다.

"어마나, 내 원 참 억울해서."

여자는 말했다. 목소리가 아름다왔다.

"원, 참."

나머지 두 뚱뚱보 여인들은 센스가 없는 여자인 양 아주 조용하고 얌전했다. 그러나 몸집은 제일 비대한 여자 못지않게 뚱뚱했다. 둘이 다 이백 오십 파운드는 충분히 될 성싶었다. 나머지 두 여인은 위엄성이 깃들어 있었다.

남자들로는 쿡과 처음 말한 남자 이외에 제목상의 고용인 두 사람이 있었는데, 그 중 한 사람은 수줍어하면서도 홍미있다는 듯 열심히 귀를 기울이고 있었다. 또 한 사람은 당장 뭐라고 한 마디 거들고 싶은 기색이었고, 그 밖에 스위스 사람이 둘 있었다. 두 인디언은 벤치 한쪽 끝에 앉아있고, 한 인디언은 벽에 기대 서 있었다. 무엇인가 말을 꺼내고 싶어하던 사나이가 나직이 나에게 말했다.
"암만 해도 공기가 심상치 않군."
나는 웃으면서 이 말을 톰에게 옮겼다.
"정말 이런 곳은 난생 처음이야. 저 세 뚱뚱보를 좀 봐."
톰이 말했다.
그러자 쿡이 큰소리로 물었다.
"자네들 대체 몇 살이나 먹었나?"
"나는 아흔 일곱 살이고, 얘는 예순 아홉 살이오."
톰이 대답했다.
"호호호!"
제일 뚱뚱한 창녀가 몸을 흔들어대며 깔깔 웃었다. 참 아름다운 목소리를 가진 창녀였다. 나머지 창녀들은 웃음조차 띠지 않고 잠자코들 있었다.
"좀 점잖게 굴 수 없나? 친해 보려고 묻는 거야."
쿡은 말했다.
"열 일곱하고 열 아홉이죠."
내가 말했다.
"너 왜 그러는 거야?"
톰은 나에게로 돌아섰다.
"그까짓 것 괜찮아."

"저는 애리스라고 해요."

뚱뚱보 창녀는 이렇게 말하면서 다시 몸을 내젓기 시작했다.

"정말 당신 이름이오?"

톰이 되물었다.

"그럼요. 애리스가 틀림없지요. 네?"

말하면서 그녀는 쿡 옆에 앉아있는 남자 쪽으로 몸을 돌렸다.

"그럼, 애리스가 틀림없지."

"당신에게 알맞는 이름이군."

쿡은 말했다.

"정말 내 이름인 걸요."

애리스가 말했다.

"다른 여자들 이름은 뭐지?"

톰이 물었다.

"헤이젤 그리고 에덜."

애리스가 대답했다.

헤이젤과 에덜은 가벼운 미소를 던졌다. 그들은 그다지 쾌활하지는 못했다.

"당신 이름은 뭐죠?"

나는 한 금발 여인에게 물었다.

"프란시스."

그녀는 대답했다.

"프란시스 뭐지요?"
"프란시스 윌슨, 뭣 땜에 물어 보나요?"
"당신 이름은?"
나는 또 다른 금발 여인에게 물었다.
"주제넘게, 함부로 굴긴 왜 굴어."
그녀는 말했다.
"다 같이 알고 지내자는 거야. 서로 알고 지내는 것이 싫은가?"
백인 남자는 말했다.
"싫어요. 당신하곤 싫어요."
머리칼을 표백한 여인이 대답했다.
"정말 성미가 고약한 여인이군."
남자는 말했다.
그녀는 자기 친구를 쳐다보고 고개를 흔들었다.
"빌어먹을 영감쟁이."
그녀는 말했다.
애리스는 다시 온몸을 흔들어대면서 웃기 시작했다.
"무엇이 그리 우스워 노상 웃기만 하니?"
쿡은 말했다.
"이봐, 젊은 사람, 자네들은 어디까지 가는 거지?"
"당신은 어디 가시죠?"
톰이 물었다.
"캐디랙에 가는 거야. 자네들 가 본 일이 있는가? 내

누이가 거기 살고 있지."

쿡은 말했다.

"아무리 누이 뻘이 되는 사람이라구."

배우 바지를 입은 사나이가 말했다.

"그따위 말버릇 집어치워. 점잖게 말 못해?"

쿡이 말했다.

"캐디랙이라면 스티브 케첼의 고향이었고, 지금은 애드월가스트가 그곳 출신이지."

수줍어하던 사나이가 말했다.

"스티브 케첼?"

금발 여자가 마치 그 이름이 그녀의 몸에다 방아쇠를 당기기나 한 것처럼 갑자기 큰 소리로 외쳤다.

"그이를 쏘아 죽인 이는 그의 친아버지였어요. 정말 그의 부친이었어요. 스티브 케첼 같은 훌륭한 분은 둘도 없었어요."

"그 사람 이름이 스텐리 케첼이 아니었던가?"

쿡이 물었다.

"그만 두어요. 스티브에 대해서 뭘 안다고 그래요? 스텐리라고요? 천만에요. 스티브 케첼은 이 세상에서 제일 미남자였어요. 그이처럼 순결하고 청백한 미남자는 처음 봤다니까요. 그런 남자는 정말 없었어요. 그이는 마치 호랑이처럼 움직였지요. 참 그이처럼 훌륭하고 자유롭고 돈 잘 쓴 사람은 없었어요."

금발 여인은 말했다.

"그 사람하고 아는 사이였나?"

한 사나이가 물었다.

"아는 사이였냐고요? 사랑했느냐고요? 그걸 물으시는 거예요? 그럼요. 누구보다 잘 알고 있지요. 하느님처럼 사랑했죠. 그이는 가장 위대하고 가장 청백하고 가장 미남자였지요. 스티브 케첼 바로 그의 부친이 그이를 개처럼 쏘아 죽였어요."

"바닷가에 같이 나갔던가?"

"아니예요. 그 전에 그이를 알고 있었어요. 내가 처음이자 마지막으로 사랑한 남자였어요."

연극조로 유창하게 말하는 이 금발 여인에게 모두들 감탄을 금치 못했다.

그러나 애리스만은 여전히 웃으며 몸을 흔들기 시작했다. 나는 그녀의 바로 옆에 앉아있었으니 그것을 느낄 수 있었다.

"그렇다면 결혼을 했어야 되지 않았나?"

쿡이 물었다.

"그이의 일생을 해치고 싶지 않아서 그랬죠. 그이에게 방해가 될까 봐서요. 그 양반에겐 아내라는 게 필요 없었어요. 참 그야말로 훌륭한 남자였어요."

"참 현명한 생각이었군."

쿡이 말했다.

"그런데 사실은 잭 존슨이 그를 죽인 것이 아닌가?"
"그건 거짓말이에요. 그 무지막지한 검둥이놈이 불의의 습격을 해 온 것을 그이가 보기좋게 때려 눕혔지요. 그 흉측한 검둥이 말이에요. 그놈이 쇠창을 갖고 덤벼들었지요."

매표구가 열리자 인디언 셋이 그리로 나갔다.

"스티브가 그놈을 때려눕히고는 나를 돌아보며 웃잖았겠어요."
"바닷가엔 나가지 않았다고 그러잖았어?"
한 사람이 물었다.
"싸움 구경하러 나갔었지요. 그랬더니 스티브는 나를 바라보면서 웃잖겠어요. 바로 그때 그놈의 개자식 같은 검둥이놈이 난데없이 나타나서 덤벼들지 않겠어요. 스티브는 그따위 검둥이쯤은 백 명이라도 문제야 없었지요."
"응, 그 사람은 참 위대한 투사였지."
재목상 일꾼이 말했다.
"정말 그랬어요. 지금도 그이만큼 위대한 투사는 없어요. 그야말로 신(神)과 같은 존재였어요. 청렴하고 순결하고 미남자이고 상냥하고 민첩하고 호랑이 같고 번갯불 같은 사람이었어요."
"그가 영화에 나온 걸 봤어."
톰이 말했다.
우리들은 모두 매우 감동했다. 애리스는 온통 몸을

뒤흔들고 있었다. 알고 보니 그녀는 울고 있었다. 인디언들은 벌써 플랫폼에 나가고 없었다.
 "그이는 이 세상의 어떤 남편보다도 더 훌륭했어요."
 금발 여인은 다시 말을 이었다.
 "우리들은 하느님 앞에서 결혼했어요. 지금 이 순간에도 나는 그이의 것이에요. 영원히 그이의 것이에요. 나의 전부가 그이의 것이에요. 나의 이 육체는 아무것도 아니죠. 누구나 빼앗아 갈 수야 있겠지만 나의 영혼만은 영원히 그이의 것이에요. 참으로 그이야말로 남자다운 남자예요."
 모두들 감동해 버렸다. 슬프고도 난처한 장면이었다. 여전히 몸을 떨고 있던 애리스가 입을 열었다.
 "더러운 거짓말쟁이 같은 년!"하고 나지막한 소리로 말했다.
 "생전 스티브 케첼하고는 잔 일도 없으면서."
 "어쩌면 그렇게 말하는 거야?"
 금발 여인이 거만스럽게 말했다.
 "사실이니까 그렇게 말하지 무어야. 여기서 스티브 케첼을 아는 사람은 나 하나뿐이야. 내 고향이 만세로나이거든. 거기 있을 때 그이를 알았어. 정말이야. 너도 알고 있잖아. 내 말이 거짓말이라면 벼락을 맞게."
 애리스가 말했다.
 "내가 되려 벼락 맞지?"

금발 여인이 말했다.

"이건 정말이야 정말. 너도 잘 알면서 왜 그래. 아무렇게나 꾸며대는 이야긴 아니야. 지금도 그이가 한 이야기를 똑똑히 기억하고 있는 걸."

"그래 그이가 뭐라고 말했다는 거야?"

금발 여인이 자신만만하게 물었다.

애리스는 울고 있었다. 게다가 몸을 부들부들 떨고 있었으므로 간신히 말을 꺼냈다.

"너 참 예쁜 여자야. 그이는 꼭 이렇게 말했어."

"그건 거짓말이야."

금발 여인이 말했다.

"정말이야. 꼭 그렇게 말했어."

애리스가 말했다.

"거짓말이야."

금발 여인이 거만스럽게 말했다.

"아니, 정말이야, 정말. 거짓말하면 내가 사람도 아니게."

"스티브가 그렇게 말했을 리 없어. 그렇게 말하는 사람이 아니었다니까."

금발 여인이 의기양양하게 말했다.

"사실이야. 너야 믿건 안 믿건 상관할 바 아니지만."

애리스가 아름다운 목소리로 말했다. 이젠 울음도 그치고 잠잠해 있었다.

"스티브가 그런 말을 했을 리가 없어."

금발 여인이 우겨댔다. 애리스는 웃으면서 말했다.

"그가 말했어. 나는 그이가 그렇게 말한 그 때를 기억하고 있는 걸. 그이 말대로 그때야 참 예뻤지. 지금도 너보다야 낫지만. 너는 이제 다 낡아빠졌지 뭐야."

"주제넘게 누굴 모욕하는 거야. 이 고름덩어리 같은 년이. 나도 추억이 있어."

금발 여인이 말했다.

"천만에."

애리스는 그 부드럽고 아름다운 목소리로 말했다.

"아냐."

애리스는 그 아름다운 달콤한 소리로 말했다.

"너야 네 난관(卵管)을 도려내고 병을 앓기 시작했을 때를 제외하고서야 무슨 추억이 있단 말이냐? 전부 신문에서 보고 그러는 거지. 난 깨끗한 사람이야. 너도 알지. 남자들은 나를 좋아해, 비록 몸은 뚱뚱하지만, 내가 언제 거짓말하든?"

"아뭏든 나에게도 가지가지 추억이, 정말 멋들어진 추억이 있어."

애리스는 그녀에게서 다시 우리 쪽으로 시선을 돌렸다. 우울하던 기색이 사라지고 미소를 띤 그녀의 얼굴은 말할 수 없이 아름다웠다. 아름다운 얼굴과 부드러운 살결에 아름다운 목소리, 게다가 한없이 상냥스럽고 정말 매력이 있었다. 다만 애석하게도 몸이 비대한 게 탈이었다. 톰은 내가 그녀를 바라보고 있는 것을 보자,
"자아, 이젠 가지" 하고 말했다.
"안녕히 가세요."
애러스는 인사했다. 아름다운 목소리였다.
"안녕히 가시오." 나도 인사했다.
"자네들은 어느 길로 가는 거야?"
쿡이 물었다.
"반대 방향이오." 톰이 대답했다.

옮긴이 약력

일본 경성고사 영문과 졸업
인디애나 대학에서 1년간 연구
경희대학교 교수

역　　서
러셀 《인류의 장래》
해리슨 《셰익스피어 서설》 공역
드라이저 《황　혼》
스타인백 《진주》·《도주》
로버트 E. 스필러 《미국문학사》
셀린저 《사랑의 미소》

헤밍웨이 단편집　〈서문문고 016〉

개정판 인쇄 / 1972년 3월 5일
개정판 발행 / 1997년 3월 25일
글쓴이 / 헤밍웨이
옮긴이 / 양 병 탁
펴낸이 / 최 석 로
펴낸곳 / 서 문 당
주소 / 서울시 마포구 성산동 103-7호
전화 / 322—4916~8 팩스 / 322—9154
등록일자 / 1973. 10. 10
등록번호 / 제13-16

* 잘못된 책은 바꾸어 드립니다